岩 波 文 庫
31-021-5

一 兵 卒 の 銃 殺

田 山 花 袋 作

岩 波 書 店

一兵卒の銃殺

一

薄暮《はくぼ》はその靜けさと、初夏の頃によく見る夕《ゆふべ》の靄《もや》と、處々に輝き始めた灯《ともし》と、そことなく靡き渡つた夕炊《ゆふげ》の烟《けむり》とを以て、次第にあたりに迫りつゝあつた。大きな兵營のある町の通りでは、今しも門限に遲れないやうに、彼方《あちら》からも此方《こちら》からも兵士達が急いで歩いて來るのが見えた。向ふの横町からも出て來れば、此方《こちら》の通りからも出て來た。急いで駈けて行くものもあれば、暢氣《のんき》さうに二人づれで何か話しながら歩いて來るものもあつた。列に離れた雁のやうに淋しさうに向ふ側をぽつり〳〵歩いて來るものなどもあつた。親類の家《うち》に行つたもの、活動寫眞小屋に半日を費《つひや》したもの、さういふ人達は總《すべ》て一日の日曜の外出を出來るだけ十分に樂んで來た。小料理屋に行つて女を相手に戲れて來たもの、知己《しりあひ》も下宿もなく、さうかと言つて酒を飮んだり芝居を見たりする趣味もないので、ひとり郊外の靜かなところで菓子などを食つて來たもの、昨日圖らず若い女房が母親とやつて來てゐて、町の小さな旅籠屋《はたごや》で久し振りで樂しく一日を送つたもの、總《すべ》て一週間の激しい勤務と勞苦とを忘れて、籠を離れた鳥のやうに、自由に快活に遊び廻つて來た。しかしその待焦《まちこが》れた樂しい一週の一日も過ぎた。これから六日は又骨の折れる演習をしなければならない。上官の叱責も默つてきかなければならない。朝も暗い中に起きなければならない。こんなことを思ひながらかれ等は皆急いで、步哨《ほせう》の立つてゐる大きな營門へと近づいて行つた。

門の前で一々立留つて、敬禮して、手帳などを見せて行つた。

門の中には大きな建物と廣い營庭とが見えた。營庭にはふら〳〵彷徨《うろつ》いてゐる兵隊が二三見えた。横に長く連《つらな》つてゐる兵舍にも、正面に見える兵舍にも、もうところどころ灯《あかり》がついてゐた。夕《ゆふべ》の靄は靜かに地上に這《は》つてゐた。

横町から出て來た二人の兵士は、

「何《ど》うだつた、今日の外出は、もてたか」

「………」

「いやに莞爾《にこ〳〵》笑つてゐるな、持てたな」

「駄目さ」

「何が駄目なものか？　聞いたぞ、聞いたぞ」

「それより貴樣は何《ど》うだ？」

「俺か……。俺なんか隱しやしねえ。奴と三人で、これを」と鼻を觸《さは》つて見せて、「これをやつてな。すつかり負けちやつた」

「取られたんか？」

「すつかりからひんさ」

「何《ど》うだか」

「本當だよ。隱しやしねえぞ。仕方がねえ、今度の日曜は拳《けん》でも打つて籠城さ」考へて、「あつたら、少し借せや」

「あるもんか、俺だつて？」

「貴様なんか好《い》いや、家《うち》はいゝし、金は何《ど》うでもなるし、あゝいふ情婦《いゝをんな》もあるしよ。金がなくなりや、爲替《かはせ》ですぐ送つて來るぢやねえか」

「家《うち》だつて、さう〳〵は送らねえや」

ふと、營門の前に近《ちかづ》いて來てゐるのに氣が附いて、急に話をやめて立留つて、型の如く歩哨に敬禮して、急いで門の中に入つて行つた。

續いて三人づれの初年兵が入つて行き、そのあとから又一人入つて行つた。刻々毎《ごと》に門限の時刻は迫りつゝあつた。慌《あわ》てゝまた背《せい》の高い古兵《こへい》が一人、二人、三人まで駈足で走つて來て、急いで敬禮をして、門内にその姿を隱した。

暫くは往來が絶えた。何處か工場で、汽笛の鳴る音が吼《ほ》えるやうにきこえた。また一人二人入つて來た。しかしそれだけであとは絶えた。門限の時刻を報ずる喇叭《らつぱ》はやがて夕暮の空氣を劈《つんざ》いて、瀏喨《りうりやう》として、四邊《へん》に鳴り渡つた。

二

その鳴り渡る門限の喇叭の音《ね》を要太郎《えうたらう》はそこから五町ほど手前で耳にした。しまつた！　と思つてかれは立留つた。胸は俄かに強い鼓動を感じた。

さつき氣が附いて時計をポッケットから出して見た時にも、門限の時刻の既に迫りつゝあるのを知つた。慌てゝかれは其處から出て來た。かれは兵士達のよく行く白粉《おしろい》を塗つたあやしい女のゐる小料理屋の二階の奥にゐた。「大變だ、大變だ、ぼや〳〵してるとまた營倉だ」かう言つてズボンを穿《は》いたり上衣《うはぎ》を着たり劍帶《けんたい》を緊《し》めたりした。送つて出て來ただらしない風をした女をも見やうともせずに、金を財布からぢやらぢやらと音させて出して、そして狼狽《うろた》へて其處から出た。あたりにはもう兵士達の姿は一人も見えなかつた。さつきあれほど彼方此方《あちらこちら》を彷徨《ぶらつ》いてゐた兵士達はいつの間に何處に行つたかと思はれるほどであつた。かれは駈足で走つた。女と戯れてゐる間《ま》にいつとなく時間が經つたことなどを考へた。つゞいて女の艶《なま》めかしい言葉や、白い肌や、その時の狀態や、さういふものが、駈けてゐる間《ま》にも、かれの頭を橫《よこ》ぎつて通つた。かと思ふと、營倉に入れられた時のガランとした室《へや》がそれに聯關して繰返された。寢臺も何もない室、大きな格子戸の卸《おろ》された室、何もない冷い板敷の室、そこでかれはまた七日も十日も暮さなければならないのか。宛《あて》がはれた冷めたい握飯《にぎりめし》を食はなければならないのか。あの氣難かしい意地惡な班長や曹長に橫鬢を張られなければならないのか。

……かれは急いで走つた。かれは左の手で、小さな劍のブラブラするのを押《おさ》へながら走つた。ある町家の店にかゝつてゐる時計はもう時刻を過ぎてゐた。かと思ふと、まだ二三十分間《あひだ》のある時計の處もあつた。かれは走りながら自分の時計を出して見た。もう五分しかない。それに、兵營まではまだ十五六町もある。

あるところでは「なるやうになれ」と思つて、多少自暴氣味《やけぎみ》で、小さく歩調を緩《ゆる》くして歩いた。班長などにも反抗してやるやうな氣分で歩いた。五分か十分、それが後《おく》れたためばかりに、營倉に、一週間も十日も入れられなければならないといふ情ないはめなどをも考へた。しかし少し行つた時には、矢張さうしては居られなかつた。矢張要太郎は駈けた。

兵營が見えるかと思ふあたりに來ても、門限の喇叭が鳴らないで、ほつと呼吸《いき》をついて立留つたと同時に爽《さわや》かに夕暮の空氣を劈《つんざ》いて鳴《なり》わたつたその音！　急に閉された鐵の門！

「しまつた！」かれは思はず立留つた。

もう日は暮れてゐた。あたりは茫《ばう》と夕《ゆふべ》の靄に包まれて、兵舍の灯《あかり》や町家の灯がぬれたやうにぼんやりとかすんで見えた。突然、さつきあそこに自分が入つて行く所を意地悪の班長にチラと見懸けられたことを思出《おもひだ》した。一緒に行つた同年兵が女にふられて自分より早く歸つて行つたことを思ひ出した。「駄目だ、駄目だ！」かうかれは心の中に叫んだ。

地團太踏んでも及ばないやうな焦躁がかれの全身を領した。感情に強いかれ、意地に強いかれ、幼い時から强情で母親に持餘《もてあま》されたかれ、さういふかれが底の底から現はれて來て、全身が赫《かつ》とした。

入營した一年はかれは非常に評判がわるかつた。營倉に入つたのも一度や二度ではなかつた。ある時は窃盗罪に擬《ぎ》せられて、自分の私物箱《しぶつばこ》や寢臺を調べられたり、丸裸《ぶ》にされて調べられたりした。紛失した物品が自分の寢臺の下から出た時には、班長や上等兵に打つたり蹴られたりした。

それが去年戰爭に行つてから、大分さうした不名譽を恢復して來た、戰場ではかれは勇敢な一兵卒として誰にも認められた。斥候に出かけた時には、敵の騎兵の追跡に逢つて、林にかくれたり、池の中に半身を浸《つ》けてその目を避けたりして、その重要な任務を果した。

「貴樣は、此頃は好くなつたぞ。その意氣を忘れてはならん。帝國の名譽ある軍人と言ふことを第一に念頭に置かなけりやいかんぞ」こんなことを言つて中隊長から褒められたこともあつた。その褒められたり信用されたりして來たことが、自分には不徹底な淺薄な上つらな觀察としか見えなかつたけれども、それでもかれに取つては、評判のわるいのよりも好《い》い方が好かつた。それに、第一、國の方で安心した。父母もその操行の改まつたのを手紙で喜んで寄《よこ》したりした。此間母親が逢ひに來た時にも、ほくほく喜んで行つたことなどを要太郎は思出《おもひだ》した。

遲刻、營倉、そんなことは、考へやうによつては、よくあり勝のことで、おとなしくその制裁を受けさへすれば、何でもないと言ふことは一方にはわかつてゐるが、しかし要太郎にはさういふ風に考へることは出來なかつた。自分の生活、漸く恢復しかけた生活、それがまた今度の事件ですつかり全く破壞されて了《しま》つたやうにかれには思はれた。何《ど》うしても此まゝ歸つては行けないといふ氣分が強い力でかれを壓迫した。

氣が附くと、要太郎はいつか兵營の柵の側近く來てゐた。もうすつかり夜だ。それは星のない曇つた夜《よ》で生溫《なまあたゝ》かい人を焦躁《いらく》させるやうな空氣があたりに滿ちてゐた。ぼやけた夜風が壓《お》すやうに不愉快に塵埃を吹いた。

皆な揃つて食事ももう終つた頃だ。かう思つてかれは兵營の窓毎に明るくついてゐる灯《あかり》を仰いだ。あたりはしんとしてゐる。歩哨が默つてあちこち歩いてゐるのが闇の夜を透《すか》して見える。一歩二歩、近づいて見たが、かれは又引返した。

特務らしい男が一人、劍をがちやがちやさせて、門から出て來た。歩哨が敬禮をしてゐるのがそれと微《かす》かに見えた。要太郎はそれを見ると、さながら重い罪人でもあるかのやうに、慌てゝそこから遁《に》げ出した。

三

一時間後には、要太郎は川の畔《ほとり》に來て、ぼんやりして立つてゐた。

今時分は隊ではもう自分に就いて、種々《いろ〳〵》な噂をしてゐるに相違ない。あの赧《あか》ら顔の意地惡の班長は、得意さうに、自分のあの料理屋に入つたことを週番士官や仲間に報告してゐるだらう。あの同年兵は女にもてなかつた恨を誹謗と讒誣《ざんぶ》とに托して、あしざまに自分を罵つてゐるであらう。勝手なことを誇張して言つて自分の罪を重くしやうとしてゐるだらう。同班の肥つたあいつは、しかつめらしく、あの厭な世辭笑ひをして、班長の機嫌を取るべくあることないこと自分のことに就いて饒舌《しやべ》つてゐるだらう。かう思ふと、その一室のさまが歷々《あり〳〵》と見える。二つ宛《づゝ》並べた寢臺、その上の棚に置いてある手廻りのものを入れる箱、中央の大机、整頓を入れた包《つゝみ》、廊下の架《か》に立てゝある銃、それにぴかぴかと輝いて反射する電燈、つゞいてその室《しつ》から扉《ドア》を排してずつと長い階梯《はしご》を下りて行くところにある中隊長のゐる室、週番士官のゐる室、長い卓《テイブル》、そこに班長や週番下士が立つてゐて自分の話をしてゐる。無論、自分の箱や衣類はすつかり捜されたに相違ない。あの女から來た手紙もすつかり見られたに相違ない。こゝまで思つて、ふとかれは吐息を吐《つ》いた。さうだ、確かにあの爲替の巻き込んであつた奴の手紙が入つてゐる筈だ。あの爲替はもうとうに郵便局で受取つた。が奴め、二三日前から來た筈の手紙が來ない、來ないと言つてゐた。それなのに、そこからその手紙が出る。自分のやつたことが知れる。もう知れてゐるに相違ない。

「馬鹿な、ドヂな眞似《まね》をしたもんだ」かう自分で口に出して言つたが、もう追附かなかつた。かれはかれと兵營との距離が非常に遠くなつたのを感じた。もう何《ど》うしても歸れない、そこに歸つては行けない。かう思ふと、かれはぐつたりした。

何も彼《か》も完全に破壞されたやうな氣がした。續いて今日の日、かうした運命になる最初の一歩を歩き出した今日の日を咒《のろ》ひたくなつた。それと言ふのも財布に、あの爲替の金があつた爲めだつた。要太郎は朝皆と元氣よく兵營の門を出て行つたことを思出《おもひだ》した。金があるので、大手を振つて、かれは町から町を歩いた。ある遠い親類になる家《うち》を訪問した。そこにかれより四つほど年下の丸ぽちやな娘がゐた。それに調戯《からか》つたり何かして、午飯《ひるめし》を御馳走になつて、一本飲んだ麥酒《ビール》に醉つて其處を出た。又町を歩いた。丁度山王《さんわう》の祭か何《なん》かで、軒には美しく並んで提灯《ちやうちん》が下つてゐた。それから活動小屋をちよつと覗いた。ジゴマか何《なん》かをしてゐた。俺にもあゝいふことが出來ないことはない。すればいくらでも出來る。こんなことをかれは考へて、それのすむまで其處で見てゐた。で、一時間ほどして、其處を出やうとすると、ばつたりその同年兵に逢つた。また二人で町を彷徨《ほつつ》き歩いた。そしていつ入るともなく、その横町に入つて了《しま》つた。あの時、彼處《あつち》に入る氣にならなければ好かつたのだ。奴さへ誘はなけりやあそこに入る氣にもならなかつたのだ。かう思ふと、その同年兵が呪はれた。あいつ奴今は俺のことを何《なん》の彼《か》のと言つて、班長や下士共におべつかをつかつてゐるのだらう。

あいつの顏が……えへらえへら笑つてゐやがるあいつの顏が。女に調戲《からか》つてまづい唄をうたつて、その揚句《あげく》、女にふられやがつたあいつの顏が。

ふとまた、「何故あの時ぐんぐん兵營の門の中に入つて行かなかつたらう」と思つて、かれはその時の逡巡と躊躇とを後悔した。あの時なら、まだ、入つて行けたのであつた。いや、あの特務の出て來た時でも入つて行けたのだ。何故あの時に入つて行かなかつた？　かう思つたかれは頭の毛を捲《むし》りたいやうな焦躁を渾身に感じた。

雜然として囘想が飈風《へうふう》のやうにかれの頭の中をかき廻した。稚《をさ》ない時分からのわるい癖、鄕黨から指彈され冷笑され度外視されたやうな自分の生活、自分のことに就いて怒つたり泣いたり耻を忍んだりした父母の顏、何《ど》うして自分はさういふ生活をしなければならなかつたか、自分がわるいのか、それとも自分を生んだ親がわるいのか。それとも又自分を取卷いた周圍のものがわるいのか。それとも又さういふ運命の下《もと》に生きなければならない自分なのか。

……兎に角、今はもう駄目だ。今は何《ど》うしても兵營に歸つて行くことは出來ない。よし又強ひて歸つて行つたにしても、あの懲罰令の規定の下《もと》に嚴重な所罰を受けなければならない。

かれはじつと闇を見詰めた。

すぐ下に大きな川が流れてゐた。それはかなりに廣い幅で、闇の中にも水の黑く光つて流れてゐるのがわかつた。對岸の土手なども、それと微《かす》かに見えた。自分の下には、芦だの薄《すゝき》だのゝ新芽の繁つてゐるのがあつて、その向ふに灯《ともしび》の小さくついた船が靜かに通つて行つてゐた。櫓をあさつてゐる船頭の影が黑く闇を劃《かぎ》つて動いた。ギーと舵の鳴る音がした。

ふとかれのゐるすぐ上の土手の路を提灯《ちやうちん》をつけて誰か二三人で通つて行く氣勢がした。かれははつとした。中隊の者でも探しに來たのではないかと思つて、體を小さくして草の上に蹲踞《うづくま》るやうにした。話聲は自分のすぐ上を掠《かす》めて通つたが、さういふ兵士がそこにゐるなどゝは氣がつかずにそのまゝ通つて行つて了つた。

暫し經つた。かれは茫然《ぼんやり》してゐた。今まで種々《いろ〳〵》な雜念が起つて來たとは反對に、今度は落附きすぎる位に冷靜になつてゐる自分を要太郎は發見した。それはこれまでにも度々かれの經驗した心の狀態であつた。「この子はまア何《なん》ツて圖太いんだか。おつかねえやうな子だ」から言つて稚《をさな》い頃から母親は呆《あき》れた。戰地に行つた時でも、いざと言ふと、かれは糞落附に落附いた。危難に瀕した時とか、大事に臨んだ時とか、さういふ時にはかれはいつでもさうしたわるく落附いた冷靜な心持になつた。

かれの前には、兵營の狹苦しい窮屈な生活とは違つて、自由な、廣い天地が橫《よこた》はつてゐた。かれは脱營兵に就いての種々《いろ〳〵》な話を思ひ浮べた。十人の中、九人までは、何處かで探し出されてつかまへられるが、その中の一人は巧に遁《に》げ終らせることが出來たものだといふ話をかれは聞いたことがある。現に、長い間その逃跡を晦《くらま》してゐたものから直接にその話を聞いたこともある。その一人になり得ない筈はない。何處か遠くに行く。知人などの一人もゐない海の果とか山の奥とかいふところに行く。そして一二年働いて暮す。何處に行つたツて、食つてゐられないことはない。かう思ふと、罪惡を犯して巧にそれを隱蔽してゐる人達の心持などが想像されて來た。

灯《ともしび》のついた河舟がまた一つかれの前を動いて通つて行つた。

四

通に面した田舍の三等郵便局の一室がかれの眼の前に浮んだ。それは丁度山の裾のやうな處になつてゐる町で、溫泉が湧出《わきだ》してゐて、古い二階造の家々には、溫泉御宿《おやど》とか、御宿とか書いた招牌《かんばん》が古くなつてかゝつてゐた。山の翠微《すゐび》はすぐその町の前から起つて、雲は絕えずそれにかゝつた。それに、そこには大きな山脈を此方《こちら》から向ふに通つて行くやうな街道が町を橫斷してゐるので、荷車だの運送車だの乘合馬車だの車だのが絕えず音を立てゝ通つた。十月になると、山又山の奥は雪で、その月の末はもう屋根の上がいつも眞白になつた。半ば雪の解けた泥濘の中に深く喰ひ込んだ二條の車の轍《わだち》の跡、向ふの家の屋根を越して黃《きいろ》く硝子窓にさし込んで來る夕日、物干棹に並べてかけられてある衣服《きもの》や足袋、深く雪の積つた朝にチヤ〳〵と喧《やかま》しく軒下に集る雀、さういふ時には、湯の元の大湯《おほゆ》からは、白い湯氣がぱつと颺《あが》つて、それが遠く二里も三里も下の山の路からも指さゝれた。

通りに面した三等郵便局のペンキ塗の大きな構《かまへ》、それはもう今は古くなつて目に立たなくなつてゐるけれども、それの始めて出來た時は、それは立派なものであつた。眼も眩《まばゆ》いほどであつた。「まア、立派だな、分署よりや立派だ」などゝ町では皆評判した。青いペンキ塗は、日に光つて、銅版畫でも見るやうであつた。それは丁度かれが七八《なゝやつ》歳の頃で、かれを此上なく愛した老祖母がまだその時分には達者で生きてゐた。父の顏ももつと若々しかつた。白髮《しらが》なども生えてゐなかつた。父が通りに面した卓《テーブル》で事務を執《と》つてゐる傍《そば》で、かれはよくその手にぶら下つたり膝に抱かれたりした。

三人の孫の中で一番かれを愛した老祖母の顏は、今でもその前にあるやうにはつきりと思ひ出された。良工が苦心して刻んでも、あゝは出來まいと思はれるやうな慈愛の籠つた深い複雜した顏の皺、笑ふとやさしく出る靨《あくぼ》、「よし、よし、泣くんぢやねえぞ。それ呉れべ」などゝ言つて老祖母はよく煎餅《せんべい》などを呉れた。

何でもかれの記憶では、かれは毎朝床から起されると、すぐその老祖母に負はれたらしかつた。長く軒に垂下つた氷柱《つらゝ》、軒下を子供の群つてすべつて遊んでゐる雪橇《そり》、はアとつく人の白い呼吸《いき》、遠くに白くぴか〳〵する山の雪、寒い朝の軒の雀の百囀《もゝさへづり》、手拭を下げて大湯に出かけて行く浴客ののどてら姿、さういふものゝ最初の印象を、かれはすべてその老祖母の背中から得た。「そら見ろよ、チウ〳〵がたんとゐたべ」こんなことを言つて老祖母は背に負つたかれに指し示した。

ある日、かれは矢張その老祖母の背中の上で、今まで聞いたことのないやうな賑かな音樂の音を聞いた。かれは負はれた老祖母の肩のところから小さい首を出して、延び上つて、それを見やうとした。「今、來るで、見せてやるで、おとなしくしてろや」かう老祖母は言つて、段々近くなつて來る賑やかな囃《はやし》の方へ近寄つて行つた。何でもそれは秋の午後であつた。黄ばんだ日が一面に人家の並んだ街道にさし込んで來てゐた。それは男と女と隊を組んで、旅から旅へと稼いで歩いてゐるやうな人の群で、頭に載せた番臺の上には、小さな旗が、ピラピラと靡き、三味線を彈いた女の顏には、處々斑《ところどころまだ》らに白粉《おしろい》がついてゐた。一人の女は月琴《げつきん》、一人の女は三味線、男は面白い剽輕《へうけい》な恰好をして、丸い太鼓を打つて唄をうたつて歩いた。子供達は大勢其處に集つて、錢《ぜに》を出して、飴とその小さな旗とを喜んで買つた。かれもその小旗が欲しかつた。老祖母がなだめても賺《すか》しても、その小旗を手にしないまでは言ふことを聞かなかつたことをかれは今でもをりをり思ひ起した。

その老祖母のゐる中は、かれは唯愛せられ、撫でられ、甘やかされて育つた。家《うち》はさう大して財産があるといふ方ではないが、それでもその老祖母のつれ合ひの祖父が一生懸命に家道に熱中したので、さう齷齪《あくせく》しなくつても樂に生活することが出來てゐた。郵便局の尾崎さんと言へば、郡内でも誰知らぬ者はない位であつた。父は隣村から來た養子で、從つて母親と老祖母とに權力があつて、お婆さんの前では、父は首が上らなかつたのをかれは稚心《をさなごゝろ》にも覺えてゐた。かれには一人の兄と一人の妹とがあつた。兄とかれとは物心のついた時分から仲がわるかつた。それは何《ど》うしたわけかわからないが、老祖母に自分が一人可愛がられたことなども、その一つの原因を成してゐるのであらうとかれは思つた。

老祖母の死んだのは、かれの十一の時であつた。雪のふる日で、學校で授業を受けてゐると、先生がかれの傍《そば》に寄つて行つて、「内から迎へが來たから、すぐお歸り」といふ。何事かと思つて外に出て見ると、近所の爺《ぢい》が學校の下駄箱のところで待つてゐた。「御隱居さま、加減がわりいで」かう言つてかれを伴《つ》れて行つた。

歸つて行つた時には、もう老祖母は死んで了《しま》つてゐた。二三日前から、加減がわるいにはわるかつたが、さう急に死んで行かうとは家《うち》の人もかれも思はなかつた。しかしかれは死といふことをまだよく知つてゐなかつた。かれは涙もこぼさなかつた。葬式をして穴に埋めて了《しま》つてからでも、かれは幾日かしたら又あのお婆さんが來て、「坊ヤ、可愛い坊ヤ」と言ふだらうと思つた。かれは今でもその老祖母のことををりをり思ひ浮べた。現にさつき河の畔《ほとり》までやつて來る時にも、かれはその老祖母の顔を眼の前に浮べた。

その老祖母の墓は、町から山路を五六町登つて行つた大きな寺の墓地の中にあつた。歴代の尾崎家の墓地の中に！　一生財産をつくることにのみ沒頭して死んで行つた老祖父の墓の隣りに……。

今時分は屹度《きつと》あの山の上の栗の花が咲いてゐるだらう。その時々につれて、かれはそんなことを思つた。

しかしその老祖母の死んだ後のかれの記憶は索莫たるものであつた。幼い頃は身體が弱く、頭ばかり大きかつたので、「布袋《ほてい》、布袋」と言つて、兄に酷《いぢ》められた。町でも有名な悪戯《いたづら》な兄は、父母の前では、やさしいことを言つてゐて、陰ではよくかれをひどい目に逢はせた。母に言つても、母はそんなことに取り合つてゐるやうな女ではなかつた。父は兄を愛してゐたので、「弟の癖に何だ」と言つてすぐ反對に叱られた。

老祖母が死んでからは、かれは一人でさびしく寢なければならなかつた。飯もいつも冷飯《ひやめし》ばかりを食はせられた。十三四歳の頃は默つてむつつりしてゐるやうな兒であつた。そして嘘をつくことと物を盗むこととをその頃から覺えた。

老祖母の生きてゐる中にも、さういふ經驗は一度あつた。八疊の間に簞笥《たんす》がある。そこには前に縁側があつて、南向きの日當《ひあたり》よく、冬でも障子を開けて置いて好《い》い位に暖かであつた。かれは其處でよく遊んでゐた。ところがその簞笥には錢《ぜに》が仕舞つてあつたのであつた、老祖母は時々そこを明けてヂヤラヂヤラと音をさせながら錢《ぜに》の勘定をした。それを度々見てゐるので、かれはある時そこが明いてゐるちよつとの間《ま》をねらつて、錢《ぜに》を五錢か六錢かつかみ出した、が急に老祖母は入つて來た。かれは見られて顏を眞赤にした。しかし老祖母は別に叱りもしなかつた。「錢《ぜに》が欲しいけ？　なア欲しけりや言へやな。いくらでもやるで、お婆さん金持だで」などゝ笑つた。その言葉が小言《こごと》を言はれた以上に身に染みたと見えて、かれは今でもそれを思ひ出した。

何《ど》うしてかれの經て來たやうな心と體の境遇に置かれたかと言ふことは、かれ自身にもわからなかつた。かれの家《うち》は物に困つてゐる家ではない。食ふものでも使ふ物でも何でもあり餘つてゐる。金錢《かね》が入《い》れば母親も父親も平氣で出して呉れる。それに、家庭と言ふ上から言つても、何方《どちら》かと言へば、圓滿で團欒的で、町でも數へられる好《い》い家庭を成してゐた。かれの十四五の時、父親が町の藝者にはまつて、酒に醉つたり金を使つたりしたことはあつたが、それも養子の身分なので、萬事がこつそりと內緒で、泊つて家《うち》を明けるやうなことはつひぞなかつた。何《ど》うかすると、朝から母親が赤い神經性の顏をして父親に喰つてかゝつてゐることなどもをりをりはあつたけれど、いつも父親の方が下手に出て、大きな聲を立てることはなかつた。さういふ穩かなる圓滿な家庭に生立《おひた》ちながら、何《ど》うしてかればかりが統一を失つた感情的な强情な反抗的な性質を養成したであらうか。

かれが成年期に近《ちかづ》いた頃には、町でのかれの評判は散々なものであつた。郵便局の次男息子、かう言つて誰も彼も背《そび》を向けた。「えらいわるが出來たもんだ。今にあれや何《ど》んなことをするかわからねえ」かういふ町の人の定評であつた。學校は十一位まではよく出來たが、大抵三四番のところを下らない位の成績であつたが、十二三からはぐつとわるくなつて、落第も二度ほどするし、卒業する時にも、最後から二番目といふ最もわるい成績であつた。それでもかれは別に自省するといふやうな風もなかつた。傍《わき》を向いて、默つて、執念深く、皮肉な表情をしてゐた。

五

他人が何《ど》うしてかう自分にばかり辛く意地悪く當るのかわからないといふやうな氣がいつでもしてゐた。何故この自分がわるいんだらう。また自分のやることは何故さうわるく他人に見えるのだらう。他人も自分自分で勝手なことをしてゐる。自分の好きなことをしてゐる。それでゐて、何故自分が自分の好きなことをしてゐるのを他人は咎《とが》めるのだらう。お世辭を言つてゐれば好《い》いのか知れないがそれが己《おれ》には出來ぬ。あの醜い諂諛《へつらひ》、あの野卑な獸《けもの》のやうな笑顏、あんなことは己《おれ》には出來ぬ。陰では人はわるいことをしてゐる。己《おれ》のやつたことなどよりも數等わるいことをしてゐる。唯、かれ等はそれを旨《うま》くやつてゐるばかりである。人に知れないやうにやつてゐるばかりである。かう思ふと、かれはいつでも他人のお先につかはれて、正面に立たせられて、それで汚名を買つてゐることを考へた。

ある時、かれは金を持ち出して、家出をしたことがあつた。それはかれが十八の冬であつた。かれはもう町と周圍の汚辱と壓迫とに堪へられなかつた。街上で逢ふ誰の顏にも、自分の惡名がはつきりと書かれてゐるやうな氣がした、面と向つて何も言はないでも、向ふから來る奴が自分に向つて何を言はうとしてゐるのかはつきりとかれにはわかつた。それほどかれは神經過敏になつてゐた。さうかと言つて、家《うち》にばかり引籠つてもゐられない。その狹苦しさと窮屈さと退屈とに堪へられない。神經性らしい焦々《いらいら》した母親の顏も氣にかゝる。默つてのんきさうに煙草をふからふからふかしてゐる父親の顏も癪に觸る。友達と言ふ友達は誰も彼もかれを一種冷やかな眼で見る。かれはとてもこんな狹いところにはゐられないやうな氣がした。かれはある夜かねて知つてゐる奥の簞笥の鍵を別に拵《こしら》へて置いた合鍵で明けて、金を百圓ほど持出して、そしてまだ夜の明けない頃に、こつそりと裏からぬけ出して、雪の積つてゐる上をさくさくと踏んで歩いて、そして街道の方へと出た。

一里、二里ほど行つて夜が明けた。振返ると、國境を劃《かぎ》つた大きな山脈の雪が美しく耀々《きら〱》と日に光つた。自分の生れて生立《おひた》つた町が山裾に黒く固《かたま》つてゐるのがそれと微《かす》かに見える。大湯の湯の白く颺《あが》つてゐるのもそれと指さゝれる。かれは急に悲しくなつた。ひとりでかうして雪を踏んで、誰も知る人もない廣い世間に出て行くのが――故郷にもゐられず、父母の膝下《しつか》にも居られず、人に見放され、また自ら見放して、かうして知らない世間に出て行くのが、堪《たま》らなく悲しかつた。一方ではまたさういふ境遇に此身を置かれるやうにした町の人々を呪ひ、一方ではさういふ弱い心と感情とを持つた自分を鞭《むちう》ちながらも、堪らなく悲しさが込み上げて來て、オイオイ聲を擧げて泣きながら歩いた。

簞笥をこぢ明けて中から金を持ち出して來た自分の行爲も悲しければ、默つて皮肉に人に打突《ぶつか》つて行つた自分の心持も悲しかつた。「俺には、こんなにやさしい美しい弱い心持があるのだ。町の奴等の持つてゐる心よりも、もつともつと淨《きよ》いやさしい素直な心持があるのだ。それが誰にもわからない。誰も知つて呉れない。生みの父母すらも知つて呉れない。知つて呉れたのは、唯お婆さんばかりだ。そのお婆さんは、もう墓の下にゐるのだ」かう思つたかれは益《ます〳〵》聲を立て〻オイオイ泣きながら歩いた。

「俺のこの美しい心、やさしい心、故郷を別れるについてもかうして泣いて行く心、その心を何故他人は知つて呉れないのか。何故父母は汲んでそれを養成して呉れないのか。俺がわるいのか。それを普通の人のやうに表面に出さない俺がわりいのか。いや、いや、さうぢやない、さうぢやない、父母も同胞《きやうだい》も親類も友達も學校の先生も、俺にさういふ心持を起させないやうに、やうにと仕向けた。俺がわるいんぢやない……」大きな涙はぼろぼろと、積つて氷つた堆雪の上に落ちた。

鋭い明方の寒氣は廣い荒涼とした雪の高原に滿ちた。あたりにはまだ人の影は見えなかつた。早立の車も馬車もやつて來なかつた。かれは思ふさま泣きながら歩いた。かれの前には、大きな高原を隔て〻、高い凄じい山が眞白に雪に包まれて、によきによきと並んで立つてゐた。今、始めてその形を現はし始めたばかりの朝日は、赤い眩《まぼゆ》い血汐《ちしほ》のやうな光をあたりに漲らせて、黒い小さな點のやうになつて歩いて行くかれの姿を照した。

餘りに泣いたので、かれは朝日を正面に見ることも出來なかつた。

六

かういふ記憶がをり〳〵かれに蘇つた。それはかれが十六の時であつた。その原因はそれはもうとうに忘れてゐる。何《ど》ういふことであれほどまでにいきり立つたか、又あれほどまでに抵抗する氣になつたか、それはわからない。

兄はその時M市の中學校に行つてゐた。兄はよく出來た。學校の成績も好ければ、品行も正しいといふ評判であつた。弟のわるいといふことが兄の好《い》いといふことを一層色濃くした。兄は制服制帽で有望な少年のやうな顏をして、夏や冬の休暇には、得意さうにして歸つて來た。町の娘達も「正男さん、正男さん」と言つて兄の周圍《まはり》に大勢集つて來た。

何でも夏の休暇中であつた。場所は裏の廣場で、釣竿などがあたりに散《ちら》ばつてゐたといふ記憶から考へると、例の裏の川へ釣魚《つり》にでも行つた歸りかとも思はれる。

その原因は忘れたが、何でもかれがひどく兄から壓迫されてゐたことは覺えてゐる。ひどく馬鹿にされてゐたことも覺えてゐる。かれは始めはいつものやうに暗く笑つてにやにやしてゐた。何方《どちら》かと言へば、押へつけられて小さくなつてゐた。

急にもう堪《たま》らなくなつたと言ふやうに、かれは兄に武者振り附いた。

「何《な》にツ！」

かう叫んで、其處に立つてゐる兄の胸倉をいきなり攫《つか》んだ。其時は流石《さすが》に兄も弟の權幕に呑まれたと見えて、ぐつと押されて倒れさうになつた。兄はかれに比べて、背《せい》も大きく、體も肥つてゐた。何方《どちら》かと言ふと、父親似である。年も三つ違ひの十九だ。

「何しやがる？」

兄は押されながら拳骨でかれの頭を二つ三つなぐつた。しかしかれは其時はもう平生の猫を被《かぶ》つた狼ではなかつた。かれは獰猛《だうまう》な本性を露《あら》はしたものゝやうに、いきなり兄の腕に着物の上からかじりついた。「痛い！」かう叫んだ兄は、それを放さうとして猶弟の頭をポカポカ打つた。引《ひつ》かく、かじり附く、打つ、起きつ、轉《ころ》げつしてゐるのを遠くで見てゐた妹は、泣きながら驅けて行つてそれを母親に知らせた。驚いて母も出て來た。父も出て來た。

それでもかれは容易に兄にかじり附いた手を離さなかつた。兄の顏から濃い血がだらだらと流れ落ちた。

「こら！　要、何しやがる。兄に手向ひする奴があるか」緣側から飛んで下りて來た父と母とは、一生懸命になつて二人を引離さうとした。しかしだにのやうに執《しふ》ねく食《くひ》ついたかれは容易にその手を離さなかつた。

無理に離されたかれは、今度は父と母とに向つて食つてかゝつた。眼は血走り、體は震へ、齒をくひしばつて、誰彼の見さかひもなく飛び蒐《かゝ》つて行つたかれは、さながら狂人か猛獸のやうであつた。父と母とに押伏せられて、自分がわるいもののやうにポカポカ頭を打たれた時には、かれは口惜《くや》しがつて身もだえして聲を擧げて泣いた。

「此子は兄ばかりか、親にまで手向ひするのか」

かう母親は叫んだ。

オイオイ聲を擧げてかれは泣いた。この世が盡きて了《しま》つたかと思はれるやうな大きな悲哀がかれを壓《あつ》した。滅多《めつた》に聲を立てゝ泣いたことのないかれであるが、その時ばかりは、押へても押へても、その悲哀があとからあとへと胸にこみ上げて來るので、日の當つた白壁の前に立つて、いつまでもいつまでもオイオイ泣いてゐた。

七

情事を始めて知つたのは、かれがまだ家出をしない前であるから、確か十七位の時であつたらうと思ふ。

かれの故郷は、溫泉があり、溫泉宿があり、それに雜《まじ》つて、街道に面して、宏大な女郎屋が何軒もあるので、町の空氣としては、何方《どちら》かと言へば淫猥に傾いてゐた。女郎がだらしない風をして、二階の欄干に凭《よ》つて通りを見下してゐることなどは決してめづらしい事ではなかつた。それに藝者も二三十人はゐたし、處々にある小料理屋には、其處にも此處にも色の白い酌婦が大勢置いてあつた。男と女と艶《なま》めかしい風をして並んで通りを歩いてゐたり、男のあとを追《おひ》かけて女が袖を引張つてゐたりするさまを、かれは度々見かけた、其時分はまだ汽車が出來ない時分なので、此方《こちら》から向ふへ大きな山脈を越えて行く旅客は皆《みん》な此處を通つて、一夜を溫泉に過すのを例としてゐた。草鞋《わらぢ》がけの旅客、車に乘つて行く洋服姿の紳士、一緒に伴《つ》れた若い細君、をりをりは乘合馬車が客を集めるための喇叭《らつぱ》をけたゝましく鳴らして折れ曲つてやゝ坂になつてゐる町をガタガタ通つて行つた。大きな溫泉宿のある角のところには、俥の立場《たてば》があつて、元氣の好《い》い車夫が六人も七人も寄り集まつて客を待つてゐた。「馬鹿言ふなへ？ 六貫で山越しをして、それで飯が食へるかへ？」かう勸めてついて行つた旅客を離れて來て、車夫は大きな聲で言つた。

夜の町の賑かさ！ 何處の女郎屋にも客が上つて、きやつきやつと女の騷ぐ聲が手に取るやうにきこえて、三味線と鼓とが到る處で自暴《やけ》に鳴つた。お酌の小さな姿の踊つてゐるのがはつきりと明るく障子に映つて見えたりした。と思ふと、やがてその騷ぎはぱつたりと靜まつて、あとはしんと靜かになる。手を叩く音などがする。何處か遠くでまだ騷いでゐる鼓や三味線の音《ね》がきこえる。

その賑やかな町の通りを、白くおつくりした顏をはつきりと闇に見せて、褄を取つて、急いでお座敷へ出かけて行く藝者などをもかれはよく見かけた。

それ以前にも、かれは父親の關係した藝者と言ふのを見たことがあつた。それは何でも十四五の頃であつた。かれは不思議な氣がした。世の中の人の言ふことは當てにならないといふ氣がした。かれの眼には父親はもうかなりの年輩であつた。お爺さんと言ふほどではないが、一廉《かど》の年寄のやうにかれには思はれてゐた。それがさうした若い二十一二の女に關係するといふことは、ありやう筈がないやうに思へた。世間の人達は好《い》い加減なことを言つてゐるのだと思つた。その藝者と言ふのは、丸顏の、色の白い、ちよつと愛嬌のある女で、さういふ女のゐる細い巷路《かうぢ》の中に住んでゐたが、世間の評判では、何でも父親が金を出して、自前《じまへ》にしてやつたといふことであつた。兄は一二度其家に行つたと言つて、よく自慢してゐた。

何《ど》うかすると、その女が綺麗におつくりをして、褄を取つて、お座敷に出かけて行くところに邂逅《でつくは》すことなどもあつた。さういふ時には、かねて知つてゐると見えて、女は厭にじろ〳〵と要太郎の方を見た。莞爾《にこ》と笑つて通りすがつて行つたりした。それが、その綺麗な若い女が、自分の姉のやうにしても好《い》いやうな女が、父親と關係してゐる女だとは何《ど》うしても思はれなかつた。でも何うもそれが本當らしいといふことはをりをりかれの眼から耳に觸れた。母親が機嫌のわるい時にいふ「小光《こみつ》」と言ふ名は、その藝者の名であつた。「小光なんかに騙《だま》されてゐて、本當にしやうがねえ」こんなことを母親の言ふのを要太郎はよく耳にした。

かれは時には、不思議だ、めづらしいことだと言ふ感じを抱いて、父親が椅子に腰をかけて、助手と相向ひ合つて、のんきな顏をして、郵便事務を取扱つてゐるのをじつと見詰めてゐることなどもあつた。何處をさがしても、さういふところはない。さういふ感じのするところはない。ヤ、淺黑い顏、尖《とが》り加減の鼻、どんよりとした眼、ところどころに白髮の雜《まじ》つてゐる頭、もじやもじやと繕はない髮……。不思議だとかれは思つた。

しかしさういふ風に稚《をさな》かつたかれも、一年二年經つた後には、さういふ方面の知識にかけて驚くべき長足の進歩をしてゐた。かれに最初に情事を敎へたのは、自分の家とは二三町隔つた大きな女郎屋にその時分ゐた、かれよりも三つ四つ年上の女郎であつたが、その翌年には、かれは既にかなりに深い情海の波に漂つてゐる自分を發見せずにはゐられなかつた。最初伴《つ》れて行つたのは、町で若衆《わかいしゆ》になつたばかりの、かれよりは年上の友達であつたが、その後は、かれは自分一人でこつそりと裏からわからないやうに入つて行つたりした。

最初の年上の女郎は、二三度行くと、かれには面白くなくなつて來たので、今度は別な女郎屋に行つて、まだ出たばかりの十七ほどの若い玉菊といふ女を聘《よ》んだ。かれはいつか酒を飲む術をも、唄をうたふことをも覺えてゐた。歡樂の興味は時の間に深くかれの成熟しかけた體と心とを完全に捕へて了《しま》つた。

その時分であつた。かれがよく金を家《うち》から持出したのは――。用箪笥の底、父の傍《そば》に置いてある箱の底、人が持つて來たのをちよつと母親が手近に置いた金なぞをも平氣でかれは持ち出した。そして聞かれると、かれは知らぬ知らぬと言つた。糺問《きうもん》すれば糺問するほど、かれは頑強に知らぬ知らぬと言つた。後には何を言つても默つてゐた。

兄は其頃はもうM市へ行つて中學校へ入つてゐた。それに引替へて、かれは成績がわるいのと、さう澤山學者ばかり出來ても困ると言ふので、何處にもやられずにぐづ〳〵家で遊んでゐた。かれはいつも暗い心持でゐたが、殊に學校を出てから情事に關係するまでの間の月日を暗い暗い心持で過した。そしてその暗い心の僅かな遣《や》り場をかれは情海に發見した。

しかし大抵の若者なら、十七八の年輩では、さういふ波に深く入り込むといふことに就いて、一種の危險と不安と反省とを感ずる筈であるが、かれには、何故《なにゆゑ》かさういふところが缺けてゐた。強い感情であつたからか、それとも根本から反省心の缺けてゐる青年であつたからか、それともまたわざと皮肉に反抗的に押して出て行つたのか。

けれどかれの遊び方は、始めに對者を一人きめて置くといふ風ではなかつた。かれには世間の青年に多く見るセンチメンタルなところがなかつた。女に同情したり憐憫の心を持つたりするやうなところがなかつた。現にその時分宅《うち》でつかつてゐた小婢《こをんな》と出來てゐて、それで矢張かれは馴《な》染《じみ》の女郎の許《もと》へも通つてゐた。

小婢《こをんな》はM市の少し手前の村から來たもので、その時かれと同じ年であつた。名をお雪と呼んでゐた。「雪や、雪や」かう呼ぶ母親の聲が奥からかれのゐる室の方まできこえた。ちよつと丸ぽちやの肉の豐かな色の白い子で、眼附と眉のところに可愛いところがあつた。二人の關係は、何方《どちら》かと言へば、男がちよつと觸つて見たのに、女の方から潮《うしほ》のやうに漲る熱い心を寄せて來たのであつた。二人はいつも裏の小舎《こや》の中で媾曳《あひびき》した。

それは滅多《めつた》に人の行かないやうなところであつた。家ではいくらか百姓もしてゐるので、馬までは飼つてゐなかつたが、小作の持つて來る米や豆や麥などを藏《しま》つて置く大きな小舎《こや》が裏にあつた。かれのゐる室、ちよつと樹の茂つた庭、それから野菜物の青々とつくつてある畠、それを通り越したところにあるその小屋――その中にはいろ〳〵な物が雜然として置かれた。

かれに取つては、潮のやうに熱く漲つて來る小婢《こをんな》の情がいくらか煩《うる》さいやうな氣がしてゐた。容易《たやす》く手に入れられたといふことも、戀そのものに就いての安價の表現のやうに思はれてゐた。下婢《こをんな》なんか、何《ど》うにもなるもんだといふやうなところもないではなかつた。それにも拘らず、かれはよく女とその裏の小屋へ行つた。

その女の縋《すが》るやうにして來るやさしい心、辛い忙しい生活の中にその瞬間をのみ唯一の生命のやうにしてゐる心、虐《しひた》げられた小鳩がわづかにその安息所を其處に發見して絶えずまつはつて來るやうな心、多勢《おほぜい》の中にゐてをり〳〵心を通はせるやうにじつと此方《こちら》を見る眼、それをなつかしいともいぢらしいとも思はぬではなかつたけれど、――また田舍にはめづらしいその豐かな肌を自分で所有してゐるといふことを誇りにしないではゐなかつたけれども、それでもかれは決してそれだけでは滿足してゐられなかつた。かれの根本の矛盾した扞格《かんかく》した感情は、却つてさういふ弱い柔《やさ》しい美しい愛情の隙間に冷淡な鏨《たがね》を打込まずには置かなかつた。

その仲が知れて小婢《こをんな》が暇を出されて行つた時のかれの態度は、町のある部分の人達には當分噂のたねとして語られた。「呆《あき》れた青年だ。冷めたい奴だ」かういふ聲をかれは到る處で耳にした。誰も皆なその弄ばれた小婢《こをんな》の不幸な運命と涙とに同情しないものはなかつた。その小婢の母親は、要太郎の父母が冷淡であつたといふことよりも、より一層冷淡であつたかれのことを、彼方此方《あちこち》に行つて話した。

しかしかうした矛盾した扞格した性格にも、やがてさうばかりはして居られないやうな時が到着した。其頃、かれの通つてゐる女郎に、十七になる梓《あつさ》といふのがゐた。容色《きりやう》はさう好《い》い方ではなかつたけれど、その姿態やら表情やら言葉やらに、何處か人の魂まで深く入つて行つて魅して了《しま》ふやうな處があつた。要太郎は始めは矢張、例の單なる歡樂の對照として通つてゐたのであつたが、暫くして氣の附いた時には、自分がすつかりその陷穽《かんせい》の中に陷《おちい》つてゐるのを發見した。日が暮れて、灯《あかり》がつきさへすると、かれは家にじつと落附いてゐることが出來なかつた。しかし、親の財産より他に一物《いつ》を持つてゐない彼は、次第に思ひのまゝにならなくなつてゐる自分を見た。女郎屋でも、初めの中は、現金を持つて行かなくとも遊ばせたが、それもさう〳〵は長く續かなかつた。父も母も注意して嚴重に簞笥に鍵をかけ、ちよつと持つて來た金も其處等には置かず、爲替《かはせ》や貯金の爲めに出して置く金も、事務が終ると一々金庫の中に藏《しま》つた。

それに此頃では、かれの道樂と不身持があたりに知れわたつてゐるので、親類や知己や友達はもうかれの借金の相手にはならなかつた。皆《みん》な笑つて、或は怒つてかれを遇した。二里ほどある山際の叔母の許《もと》に無心に行つた時にも、あべこべに散々に小言を言はれて、腹が減つてゐるのに、夕飯をも食はせずに追ひ歸された。かれは女に對する苦痛と世間に對する苦痛とを二重に嘗《なめ》させられなければならなかつた。かれは嫉妬といふものゝ恐ろしさに體も精神も減《へら》されて了《しま》ふやうな氣がした。梓《あづさ》には有力な客が二人も三人もあつた。ことに、ある村の大盡《だいじん》の息子が一番深く言交《いひかは》してゐるどいふことを知つた時には、成熟の一步を經たにすぎないかれの體と心とはガランとした恐ろしいある空虛に陷《おちい》つたやうな深い大きな動搖を感じた。虛僞、欺騙《ぎへん》、陷穽、さういふものが執念《しつこ》くかれに絡《から》み着いた。

金がなくて登樓することの出來ない夜《よ》もかれはじつとして家に落付いてゐることは出來なかつた。さういふ時には、かれは裏の山路から（露地を入つて行つて、見附《みつ》つて赤恥をかゝされたことが一二度あつた。）草や樹に縋つて、溝《どぶ》のあるところへ下りて、そこからぬき足さし足して、その遊女屋の裏口へと忍び入つた。そこからは、梓の居間が栽込《うゑこみ》を通してそれとよく覗かれた。それにしても、かれは若い十七八の青年の身で、何《ど》んなに暗い何んなに疼《いた》い心を抱いて、その灯《ひ》の明るい女の居間と微《かすか》な嬉しさうな話聲とに對したであらう。暗い暗い心、胸が上つたり下つたりするやうな心、體も精神もこな〲に打碎かれて了《しま》ふかと疑はるゝばかりの心、さういふ深い心をかれはそこで何遍となく經驗した。

人間の持つた最も底のもの、最も深いもの、最も淫蕩なもの、さういふものに邂逅すると、十分成熟し切つた人間ですら、何等かの感化を受けずには居られないものであるが、一歩々々深く掘つて行く穴が、さながら恐ろしい鰐《わに》の口のやうに恐ろしい暗い底をひらいて見せるものだが、年の上から言つても知識の上から言つても、まだ纔《わづか》に最初の階梯を上りかけたばかりの彼が、かうした境に身と心とを置いたと言ふことは、かれの一生に取つて實に見遁《みのが》すべからざる一大事であつた。かれは女に逢ふために、——寧ろかれの實在を確實ならしめるために、遂に郵便物の中から、小爲替券だけを選んで窃取して、それを他の町へ行つて受取つて來た。

その爲替を受取る町にいつでもかれは青年に似合はぬ細心な注意を拂つてゐた。かれは決して同じ郵便局で二度も三度もつゞけてそれを受取らなかつた。かれはかれの町の附近にあるT町、S町、N町とわざ〲出かけて行つた。それを實行するための認印《みとめいん》も二つ三つほど作つて、Nの局では、何《ど》ういふ名、Sの局では何といふ名、Kの局では何といふ名といふ風にきめて置いた。

其頃にはかれの眼《まなこ》は鋭く光を放ち、態度にも落附かぬところがあり、何となくそはそはと注意深く四邊《あたり》を見廻すといふやうな癖が出來た。かれは郵便局の人達の無心に調べる爲替劵の手元や目色《めつき》を不安な尖《とが》つた心持で見詰めた。そして局員がその爲替劵から眼を離して、現金の入つてゐる机の抽斗《ひきだし》を明けかけるとほつとした。金を受取つて外に出た時には喜悦が胸に溢れた。

S町から一里半、N町から二里、その間を急いで自分の町の方へ歸つて來た印象は今でもはつきりとかれは眼の前に浮べることが出來た。S町から來る方には、かなりに長い坂があつた。運送車や荷車が通つた。竹藪に赤い烏瓜などがぶら下つてゐたりした。N町から來る方には、前に遠く開けた裾野を見て、山の裾をぐるぐる廻つて行くやうになつてゐた。子供達がざるやさで網を持つて、小川で魚《うを》を掬《すく》つてゐたりなどした。かれは小石を投《はふ》つてかれ等を驚かした。

T町が一番遠かつた。そこに行くには何《ど》うしても半日かゝつた。しかし女に逢ふためには、そんなことは何でもなかつた。かれは山に添つたり泥池に添つたりして行つた。何うかすると、歸りは途中で夜になることなどもあつた。かれは何《ど》んなに山の斜陽の上に靡き下る自分の町の明るい灯《ひ》を望みながら路を急いだであらう。

しかしかうした惡事が長く知れずに殘つてゐる譯がなかつた。N町の郵便局は一番最初にそれに疑を挾んだ。かれはある日その局員の一人にあとを尾《つ》けられた。あらゆる祕密は發《あば》かれた。其町の郵便局の次男息子だといふこともわかつた。恐らく、今であつたなら、あらゆる人達の調停と心配と運動とを以てしても、かれは縲絏《るゐせつ》の恥を免るゝことが出來なかつたであらう。幸ひに、まだその時分には、地方警察にも何處かルーズなところがあつた。それに、同じ郵便局の息子と言ふことゝ、その父親が地方でもかなりに知られてゐる人であることゝ、まだ志の固《かたま》らない青年の一生をさうした一過失で葬り去つて了《しま》ふことの殘酷であるといふこと、それから父親始めその町の有力者の切なる悃願《こんくわん》とに由《よ》つて、かれの犯した罪惡はそのまゝ公に世間に發表せられずに濟むことになつた。そのためには父親は尠なからず金を使ひ、母親は神經性の顏を愈々赤くして、口癖のやうに愚痴を零《こぼ》した。「親不孝」「泥棒」「家名を汚す惡人」「お前のやうな子を何《ど》うして私《わし》が生んだか」「馬鹿な奴もあればあるもんだ。貴樣が騙取《かた》つた金の百倍も錢《ぜに》を使つた」かうした言葉をかれは父母から口癖のやうに浴びせられた。

否、父母や親類からばかりではなかつた。町では誰もその事件を知らないものはなかつた。勿論口に出して、かれの面前でそれを言ふものもなかつたけれども、かれは侮辱と好奇と冷笑との眼に到る處で邂逅した。誰も彼も皆なかれを指して見て笑つた。

かれは蒼白い勞《つか》れたやうな顏をして終日家《うち》の中にゐた。しかしその事件そのものよりも一層かれに強い打擊を與へたものは、その十一月の末に、女がかれの競爭者であつた他の村の豪農の息子に引かされて、土地を去つたといふことであつた。事件が起つてゐる間《ま》にも、かれは二三度女に逢ひに行つたが、それがぱつと世間に知れてからは、もう何《ど》うすることも出來なかつた。かれは寒熱の往來するやうな心の苦痛の中に其日其日を送つた。女を呪ひ、競爭者を呪ひ、自己を呪ひ、父母を呪ひ、この世間の存在を呪ひ、金を呪つた。また曾てはかれの唯一の生命のやうに感じ、唯一の慰藉のやうに感じ、唯一の快樂の場所のやうに感じた大きな二階屋を呪ひ、色硝子の窓を呪ひ、夜毎にひゞきわたる太鼓を呪ひ、障子に移るお酌の踊り姿を呪ひ、女と二人相對して喃々綿々《なんくめんく》とした居間の長火鉢を呪ひ、遠くからきこえて來る長廊下のばたばたした草履の音を呪ひ、燃えるやうな緋の長襦袢を呪ひ、白い美しいベッドの中の肌を呪つた。かれは何《ど》うして好《い》いのかわからなかつた。かれは自分がもうわからなくなつて、自分が世間の青年と同じであるかを自分に訊ねるやうな日などもあつた。それからまた女が何《ど》うしてその豪農の息子について行つたか、あれほどの漲る情と熱い心とを見せた女が、自分には何の言葉も殘さずに、わづかばかりの心殘りのしるしをも見せずに、路傍の人のやうに、否、路傍の人よりももつと無關心に何《ど》うしてこゝから離れて行つたか。行かれたか。それは虚僞か、欺騙か、それとも人間にもさういふことが本當に出來るやうに造られてあるのか。そこまで行くと、かれは髮の毛を捲《むし》らずにはゐられないやうな、熱い燃えるやうな焦躁を感じた。

さうかと思ふと、それとは丸で反對に、その虚僞と欺騙とを肯定して、復讎的に自分もさうした打撃を人に與へてやらなければ止まないといふやうな氣が躍然として起つて來るのをかれは見た。かれは皮肉な顔の表情をして下唇を堅く嚙《か》んだ。年を重ねても容易に經驗することの出來ないやうな、又は或は一生さういふ經驗に逢はずにすむものもあるやうな深い大きな經驗に逢つたかれは、既に世間に多くあるナイーブなセンチメンタルな青年などゝは丸で違つた心持を養成されるべく餘儀なくされたのであつた。

その年の暮には、冬期休業で、兄はM市の方から歸つて來た。學校生活の秩序正しい、元氣な、活潑な、物を受入れることに素直な、同じ我儘でも純な兄と比べて、かれはいかに大人らしく、陰氣にひねくれて、デシエネレートして見えたであらう。肥つた色の淺黑い健康らしい兄とは反對に、かれの顏は蒼白く、眼は鋭い中にどんよりと不定な動搖を藏し、體は痩せてひよろ長く、過重の重荷に堪へられないといふやうなところがあつた。かれは兄と比べられることを恐れた。それが暫くして比べられることを怒るやうになつた。つゞいて自分のふしだらを詳しく父母から聞いて知つてゐながら、一言もそれに及ばない兄を仇敵《あだがたき》のやうに憎んだ。兄の成績の好《い》いのを以つて弟の不評判をかくさうとする父母の態度を憎んだ。

そしてかれはある夜金を持出して家出をしたのであつた。

八

しかしかれにも暢氣《のんき》な時代があつた。

何《ど》うしてあゝいふ風に暢氣になつたか自分にもわからないが、一時變つた人のやうにぼんやりして、その持つてゐる皮肉と觀察と動搖とは全く何處かに捨て去つて了《しま》つたやうに、置き忘れて來たやうに、唯ぶらぶらして遊んでゐた。

家出をして一年ほどしてつれられて歸つて來てからも、かれの女に對する興味は決して鈍りはしなかつたが、しかし其頃はもう以前のやうに張詰めた突詰めた考を持つてゐなかつた。金さへあると、彼はそれからそれへと女をさがして遊んで歩いた。地《ぢ》の女などにもかれはよく手を出した。

かれはさういふ種類の男の持つ女に對しての氣安さとのんきさと無關心といふやうなものを段々と養つて持つて來てゐた。女は男の相手、男は女の對手《あひて》といふやうに、成たけさういふ風に解釋して見る方が、かれにも樂であつたし、面倒でもなかつたし、世間の受けも好《い》いし、女に對しても却つてさういふ方が有效であるといふことをもかれは段々覺えて來た。

しかし町ではかれの評判は矢張わるかつた。それに、かれのことゝ云ふと、人が殊更に注目して見るやうにかれには思はれた。かれの一つのわるいことは、十にも二十にもなつて世間の人達に反響して行くのに反比例して、かれの善いことの一つはその半分乃至三分の一も人の眼を惹かなかつたのをかれは見た。

その時代は、しかしかれに取つては無難であつた。かれも段々肥つた立派な體格を持つやうになつた。頭を綺麗にわけて刈つて、白縮緬の大幅の帶をしめて、時計の銀ぐさりを其處に見せながら、小料理屋の店の長火鉢の前に坐つてゐたりした。

その時分、かれは一時釣魚《つり》に熱中して、竿をかついで一里二里のところによく出かけて行つた。かれはもう二十歳であつた。一緒に行く近所の子供達の眼には、もう好い加減な大人に見えた。白い浴衣《ゆかた》、鼠がゝつた三尺帶、長く綺麗に刈つた頭、岕簀《びく》を下げて、釣竿をかついで、いつも二人三人の子供を伴《つ》れて、かれは廣々とした野の方へと出かけて行つた。

野にはところどころに用水の長い流れがあつたり、そこから縱横に引いた小流があつたり、わざく／＼水を溜めて置く堀、溝見たいなものがあつたりした。川柳の生えてゐるところや、芦や蒲の茂つてゐるところには、鯉や鮒やはやが澤山にゐた。さういふところで、かれは草を折敷いて、竿を水に入れて、じつとしてその浮きの動いて來るのを眺めた。「おい、おい、そんなところで騒いぢやいかん。折角《せつかく》、魚のゐるところに來たんだ」こんなことを言つて、伴《つ》れて來た子供等を別な堀の方へ追ひやつたりした。

何《ど》うかすると、その堀切や溝の持主の百姓などがやつて來て、苦情を言つたりすることなどもあつたが、さういふ時にも、かれは別に反抗がましい態度を見せなかつた。かれは素直に竿の糸を巻いて、さつさと子供達を伴《つ》れて向ふの方へ行つた。

夕暮など苓䓷《びく》を持つて、町の通りなどを歩いて行くと、知人の二三が傍《そば》に寄つて來て、「此頃は好《い》い道樂を始めましたな」などゝ言つて通りすがつた。

時には一人で出かけて行くことなどもあつた。さういふ時には、かれは殊に深い靜かな空想に耽ることを樂んだ。別に學問はないし、さうした種類の文學的の本も繙《ひもと》いて見たことのないかれではあるが、それでも川柳の陰にそよと風につれて小皺をつくつて寄つて來る小波《さゞなみ》、靜かに人の心に沁入《しみい》るやうにあたりに淡《あは》く薄れて行く夕日の光、碧《あを》く地平線を劃《かぎ》つて聳えてゐる山、ふわふわと羊の毛のやうに靡きわたる雲、何處か遠くでガラガラと靜かな音を立てゝ通つて行く荷車の響、長くつゞいた街道の電信柱に添つて歩いて行く旅客、さういふのに對して何を考へるともなく、ぼんやりとしてゐると、浮標《うき》が動いて針の餌が空《から》になつてゐるのも知らず、セコンドが動いて時間が經つて行くのも知らず、自分が經て來たやうな辛い苦しい世界がこの世の中にあるのも知らず、女が男に縋つて行くのも、男が女に引張られて行くのも、何も彼も忘れて了《しま》つたかのやうに、かれには思はれた。

かれは唯ぼんやりとしてゐた。

この釣魚《つり》の道樂は二年ほど續いた。その間にはかれはかれの將來のことなどを種々《いろ〳〵》に考へたりした。いつそこんな處にぐづぐづしてゐるよりか、アメリカにでも行つて了はうか。過去の何物をも知つてゐない土地に行つた方が、何にほど自分の本當のことが出來るか知れないと思つた。現に一度などは、すつかりその氣になつて、南米移民の勸誘員の町にやつて來たその旅館にまで押しかけて行つて、その細《こま》かい話を聞いたり、心をそゝるやうな外國の珍奇なさまに耳を傾けたり、規則書を貰つたり、そこに行くについての費用を細かく勘定して貰つて見たりした。

尠《すくな》くともその希望は二ケ月間かれの胸に燃えてゐた。しかし、信用のないかれは、父からも母からも、親類からも、さうした比較的眞面目な話を眞面目に聞いて貰ふことが出來なかつた。それの要求は一も二もなく到る處で否定された。ある人は頭から笑つてそれを相手にしなかつた。かれの本當な眞面目な希望、兄などに比較したならば、言ふにも足りないほどの小さい要求、それすらかれは信用して父母から出して貰ふことが出來なかつた。かれはその時のことを今でもをりをりは思ひ起した。それは丁度これから冬にならうとする頃で、晴れた空は每日のやうにつゞき、山には錦繡《きんしう》をかけたやうに紅葉が染め、颪は大きな山脈を越して凄じく吹下して來た。奥の奥の山には雪が白く指さして仰がれた。かれは達し難い心の不平を抱いて、いつも裏の細い路を歩いた。

そこからは女郎屋の赤い蒲團が、さながらかれに昔の夢でも呼び起すやうに、または一度癒つた傷のうづきを微《かす》かに感ぜさせるやうに、または自分とは丸で無關係でそして何處かに深い關係があるやうにくつきりと明かに午後の日影の中に現はれて見えてゐた。かれはじつとそれに見入つた。時にはまたわざとそれを見ないやうにして通つた。林に添つたところには、栗が澤山に落ちてゐて、それを拾つて歸つて來たりした。ある夜は凩《こがらし》が凄じく吹あれて、山の木の葉は雨のやうに散つた。

それからは寒くなるばかりであつた。やがて雪が來る。あたりは一面に深くそれに埋められる。大湯の湯氣が白く颺《あが》る。町に住む人々には、これから炬燵《こたつ》と酒と女との世界が來るのであつた。あの放埒と無節制と淫蕩とが來るのであつた。そして人々はその山裾の狹い溫泉の町に滿足して住むのであつた。

女と酒との生活はまたやがてかれに迫つて來てゐた。

九

兵營生活に入る前に、かれは一度妻帶した。

かれのやうに荒《すさ》んだ破壞された生活にも、進んで妻になつて來るやうなものがあるのであつた。

しかしそれまでの二三年のかれの生活、それは此處に繰返す必要はない。それは再び始つた皮肉と反抗とに滿ちた生活、自分から自分の生命を浪費するやうな生活、借金と欺騙と虚僞とに滿たされたやうな生活、段々と老いて氣が弱くなつた母親の愚痴を背景にしたやうな生活、汚辱と不名譽とに塗られたやうな生活、さう書いて置けば、それで澤山であつた。

兄は其時分、入學試驗に及第して、東京の大きな學校の方へ行つてゐた。兄の前には美しい華やかな光明の世界への路が開けてゐた。兄は醫者になるつもりでその方の學問を修めてゐた。妹は一年前に、良縁があつて、近所の町の大きな商人の許に貰はれて行つた。順序としては、名目上は兎に角、實際上はかれがその家の跡をつがなければならないやうな位置に身を置いてゐた。しかし父も母も決してさういふ態度をかれに示さなかつた。「まア、仕方がねえ、あれでも子は子だから、いくらかわけてやらずばなんめい。まア、それより何より、一番先に嬶《かゝあ》どん持たせなけりやなんめい。何《ど》うしても、女がなくちやじつとしてゐられねえやうな奴だから」などゝ父母の言ふのをかれはよく耳にした。

「それにや、まア、兄の方からきめてかゝらなけりやいけねえんだが……何《ど》うもあれは又あれで、學問ばかしで、女なんかには眼も呉れねえいんで困る。この冬も、その話をしたが――今、祝儀をしねえでも、お前の好きな時まで待つから、約束だけでもして置けツて言つたんだが、それもイヤだツて言ふだでな。何《ど》うも困るが、仕方がねえ。順序ではねえが、要の奴から先に嬶《かゝあ》どんをさがすかな。これで、來年徵兵にでも取られて他所《そと》へ出るやうになつて、それでも了簡が定《きま》らねえやうぢや、それこそ心配だからな。婦どんでも持たせて、行々《ゆく〳〵》は分家でもさせるやうにしてやつたら、いくら何でもちつとは了簡も出べいからな」こんなことを父母は言つて、そして彼方此方《あちこち》とかれの妻になるべき女を探し始めた。

その相手はいくらもあつた。息子は評判がわるくても、町では昔からの家柄ではあるし、放蕩だと言つても、それは若い中には誰もあることだ。さういふことは婿には勘定に入れたツて際限がない。かういふ普遍的な、妥協的な低級道德の世間では、障礙になるにはなつても、さう大して重きを置いては居られなかつた。中には、「却つて、さういふ世間のことをよく知つてゐるもの丶方が結局好いもんだ。人情といふことがよくわかるから」などゝ言つた。

かれがその相談を父母からかけられた時には、かれは何《ど》うでも好《い》いといふやうな氣がしてゐた。さうかと言つて、全然興味を惹かないといふ譯でもなかつた。大勢の女の中の一人にその女があり、その女に特別に妻といふ名の附くといふことが不思議でもありめづらしくもあるといふやうな氣でかれはゐた。かれは其時三人の女の寫眞を母親から示された。

其の三人の一人が、束髪《そくはつ》に結《ゆ》つた丸顔の背《せい》の高い女が、それでもM市へ行つて一年女學校へ通つたといふ女が、見合をした時にはイヤにきまりがわるさうに低頭《うつむ》いてゐた女が、悲しい辛いことを言はれるとすぐ泣いたり喚《わ》めいたりするやうな女が、床に入つても完全に男に觸れることも出來ないやうな女が、髮の結ひ方や衣服の着方も滿足に知らないやうな女が、慌たゞしく不用意に彼の妻といふ名目の下に置かれたといふことは、かれに取つては、體にも心にも別に深い感動をも興味をも起さなかつた。一夜寢たあくる朝は、かれは床の中で、かれの關係した大勢の女とその女とを比べて退屈さうに欠《あく》びなどをしてゐた。

その女はお雪と言つた。それが不思議にも、突然にも、かれに曾てかれの關係した小婢を思ひ起させた。柔《やさ》しかつたその心、專念に男の方に縋りついたおどおどした心、可憐な眼に涙を一杯溜めて泣いて寄つて來るやうな心、それが思ひもかけずかれの心に蘇つて來た。「お雪、お雪」かう言つて母親の呼ぶ聲を聞くと、男の薄情に、男の冷淡な態度に眼を泣腫《なきは》らして、しほ〳〵とその母に伴《つ》れられて行つたあはれな姿が思ひ出された。

何《ど》うかすると、その母親に呼ばれてゐるのは、あのお雪で、裏の小屋で今日も媾曳《あひびき》の約束する筈であつたといふ風にかれには空想された。田舍では、時は更にあたりの狀態を變へなかつた。そこに柿の木がある。そこに青々とした畑がある。そこに昔と少しも變らない物置小屋がある。矢張その時のやうに米や麥や豆が入れられてある。雀なども同じやうにその喧《やかま》しい宛囀《さへづり》を續けてゐる……。

しかし妻のお雪は、そのやさしい心の持主ではなかつた。また男に縋つて來るやうな女でもなかつた。顏だけは、それでも滿足で、衣服でも着替へさせて、おつくりでもさせて、しやんとして伴《つ》れて步けば、田舍の息子の妻としては、先づと十人並以上に見られるけれども、硬《こは》ばつたその心と、形式つけられたその態度はかれにまだ鍛錬の施してない線の單純な拙《つたな》い彫刻を思ひ起させた。人の心の折曲とか、苦悶を通過して來た心の變遷とか、さういふものには少しも觸れる處のない女をかれは發見した。

女の里の父親や母親もかれに好《い》い印象を與へなかつた。「道樂もまア好《い》い加減に切り上げて、ちつとはこれから精を出すだ」こんなことを言はれると、假令《たとへ》自分の最愛の娘だとは言へ、あゝいふ娘の力で、價値で、この辛いさびしい悲しい自分の心が慰められ暖められ滿足させられると思ふ愚な妻の親達を冷笑せずには居られなかつた。その父親の額《ひたひ》に出來てゐる瘤《こぶ》も醜ければ、母親の田舍臭い言葉も不愉快であつた。金と先祖の田地とを後生大事《ごしやう》に守つて、眞黑になつて働いてゐるといふやうな生活もかれには物足りなかつた。

であるから、抽籤《くじ》が當つて、いよ／＼入營するといふ段になつても、かれは妻に就いては何等の顧慮をも責任をも持つてゐなかつた。否、それ以前にも、妻を餘所《よそ》にして、依然として茶屋酒を飮みにかれが出かけて行くので、母親などは、あれのこれのと言つて心配したが、かれは別にそれを罪だともわるいことをしたとも思はなかつた。夜寢る時も、運わるく田舍の女郎屋で床振りにでも出遇つた時のやうに、殘酷に妻を取扱つたことも稀《まれ》ではなかつた。

しかし、兵營に入つて行くことも、かれには喜ばしいことではなかつた。體格は大きいし、病氣は二三年前に罹《かゝ》つた花柳病位で、間がわるければ徵兵に取られるといふことはかねて覺悟してゐたことであつたが――時にはまたかうした不愉快な故鄕に辱《はづか》しめられて壓迫されて暮してゐるよりは、いつそ兵營にでも入つて、變つた世界の空氣でも吸つて來た方が好いとも思はないこともないではなかつたが、それでも愈々抽籤《くじ》が中《あた》つて、入營と決定した時には、愈々その運命の大鐵槌が自分の頭の上に落ちて來たやうな氣がした。町から出て三年の兵營生活をして來た者の話は、今更のやうに、かれの身を壓迫した。鬼のやうな上等兵、寒い冬の朝の雑巾掛、暑い夏の行軍、嚴重な檢査、意地のわるい軍曹、新兵の間の辛さは、それは〳〵口にも話にも出來ないといふ。除隊された今だから、かうやつて、のんきに昔話でもするやうにして話すけれどなどゝ言つて、その經驗のある人達は、軍隊に於ける勤めと規律の如何に困難であるかをも話した。それから又かれはひどい處からでも出て來たやうにして、または籠の中から放たれた鳥のやうにして、除隊兵の喜んで國に歸つて行くのを度々見たことがあつた。軍隊は彼のやうな矛盾した扞格《かんかく》した性格に取つては、必らず辛くあらねばならぬやうに思はれた。

かれとかれの妻とに就いては、其後種々《いろ〳〵》な相談がかれら兩家族の間に持上つたらしかつた。初めは除隊になつて歸つて來るまで家《うち》に置いて、嫁としてとめて行くといふ話であつたが、入營が近附いて來た頃には、矢張、それまでは里に歸して置く方が好からうといふことになつた。妻の籍もまた公には此方《こつち》に入つてゐなかつた。

いよ〳〵入營する五六日前から、それでも送別の別宴があちこちで開かれた。兎《と》にも角《かく》にも、かれに取つては、今までの生活の一破壞であると共に一革新一大變化であらねばならなかつた。執念深く纏り着きからみ着いたこの山裾の町の空氣、溫泉宿の匂ひ、明るい賑やかな灯《あかり》のかゞやき、乘合馬車の喇叭《らつぱ》の音《ね》、夕日にかゞやく色硝子の窓、軒を並べてゐる小料理屋の酌婦の白い顏、さういふものはかれに取つて大抵は苦悶と懊惱と焦躁を與へたものではあるけれども、それでも猶此處を離れて、廣い別な社會に入つて行くといふことは、かれには名殘惜しく感じられた。それに、新聞の記事だから、まだよくわからないけれど、殊によると、近くに外國との戰爭があるかも知れないといふことが、新たに入營して行く人々と、その人々の家庭とを不安にした。

二三日前から、町の入營者の家の前には、例の「祝入營《いはふ》」とか「送何兵某君《おくる》」とかいふ旗が澤山に立てられて、黄い《きいろ》白い吹流しが晴れた冬の碧い《あを》空に捺《お》すやうに靡いて見られた。中でも要太郎の家の前には、それが澤山に澤山に立《たて》られて、袴を着けたり、赤い顏をしたりした人々が大勢出たり入つたりした。「とう〳〵郵便局の息子さんも、行くげな。兵隊さんになつて……」町の藝者達もこんな噂をした。

しかししんからかれの入營を悲しんで、表向では出來ないが、人知れずこつそりなりと見送りたいといふやうな女は一人もなかつた。それはかれは梓《あづさ》以來、女に對して愛撫したり同情したりやさしい心づかひをしたりするやうなことはもうなかつたから。

で其日は區長や、病院長や、小學校の校長や、その他の有志にぞろ〳〵乘合馬車の立場《たてば》まで送られて、萬歲を三唱されて、M市へと行つた。妻はそれでも舅と自分の父親と其他の親類の人達と一緒にM市まで送つて行つて、其夜は大きな旅館に一夜寢て、あくる朝早く區長に送られてかれは兵營の門を入つた。

十

氣が附くと、かれはM市の南の方面のあやしい女などの家毎にゐる狹い汚い通りを歩いてゐた。もう夜はかなりに更《ふ》けたらしく、往來ももう人影が稀《まれ》に、灯《あかり》の影のみ徒《いたづ》らに瞬《またた》いて、客のない酒屋の店では女が欠《あく》びをしてゐるのが見えた。

かれは川の畔《ほとり》を去つてから、市中を何《ど》う歩いたか、自分にもよくはわからなかつた。頭は種々《いろ／＼》なことで一杯になつて、終《しまひ》には何が何だかわからなくなつた。故郷のことやら、一年行つてゐた戰場のことやら、幼い記憶やら、兵營の中の友達やら、凄じい砲彈の炸裂やら、妻のことやら、さういふものが一緒になつて巴渦《うづ》を卷いたその中に、鐵槌のやうにはつきりと横《よこた》はつてゐるのは、爲替《かはせ》を竊取《せつしゆ》したあとの手紙が箱の底に殘つてゐるといふことゝ、折角《せつかく》取戻した名譽をこの一事ですつかり蹂躙して了《しま》つたといふことゝ、永久に脫營するとしても何《ど》うしてそれを巧に完全に實行して好いかといふことであつた。一度は强く永久の逃遁を肯定し、それより他に途はないと決心して、そして川端の闇の中から身を動かしたのであつたが、それとて確乎とした動搖しないものではなく、一二間歩くと、そんなことはとても出來ないと思ふと同時に、かうして歩いてゐる中にも憲兵なり巡察將校なりに發見されて、意氣地なく捉《とら》へられて、兵營に引張つて行かれて、衆人環視の中で、罵られ、怒鳴られ、撲《なぐ》られ、果てはすつかり軍人としての名譽を毀損《きそん》されて營倉に投り込まれてゐる自分の姿を見た。折角戰地で立てた軍功、故郷への唯一の土產《みやげ》にしやうとしてゐた功勞、それももう滅茶々々になつてゐる自分を見た。さうかと思ふと、二三日かうして歩いてゐる中に、何處からか自分を救《たす》けて吳れるものがあつて、思つたより輕い罪で再び兵營に戻つて行くやうな徑路などをもかれは頭に描いた。

少くともかれは此處まで來る間に、賑やかな通を歩いて來た。人の大勢通る晴れがましい灯《あかり》の中に自分の姿の際立つて見えるのを氣にして、成たけ暗いところを歩いて來た。それから大きな門のある暗い板塀のところに身を寄せるやうにして立つて、長い間いくら考へても考へ切れない身の始末をかれは考へて來た。寺の前のやうなところも通つた。M町通らしい賑やかなところをも通つて來た。巡査の交番の灯《あかり》、それは兵士としての今迄の自分等には何等の權力がなく、醉拂つた時なぞ、寧ろその前を威張るやうにして、歌など唄つて通つたものが、今ではその巡査の立つてゐる交番の灯《あかり》さへ恐れられて、成たけそれを避けるやうにしてかれは歩いて來た。ふと、ある酒場らしい店の前に來た時、「なアに、構ふことはない、酒でも一杯飲んでやれ、」かう思つて、かれはいきなりそこに飛込んだ。かれはさつき女の家で財布の中からチヤラチヤラ金を出してわたした時に、まだあとに五六十錢金の殘つてゐるのを知つてゐた。で、かれが卓《テイブル》の前の椅子に腰をかけると、色の蒼白い白いエプロンをかけた、何方《どつち》から見ても心を惹くやうなところのない、十八九の給仕女が酒かビールかといふことを訊いた後で、コップに波々と正宗をついで持つて來た。

それをかれは顔を仰向け加減にして一氣に見事に呷《あふ》つた。コップの底にさした電燈の光は、その酒が見る見る波を打つてかれの咽喉《のど》に旨《うま》さうに入つて行くのを照した。蒼白い顔の女は默つてその傍《そば》に立つて見てゐた。

「もう一杯」

かう言つてかれはコップを出した。さも旨かつたと言ふやうに、かれはあと口を舐《な》め廻しながら……。

續いて女が持つて來た酒をも、かれは同じやうにして飲み干した。かれは烈しいアルコール性の刺戟が忽ち全身に熱く漲つて來るのを感じた。

かれは猶暫く考へてゐたが、その間にもその未來の問題が少《すこし》く首を出しかけてゐたが、それを押除《おしよ》けるやうに頭を振つて、「姐《ねえ》さん、もう一杯」かうかれは叫んだ。

錢《ぜに》を拂つて其處を出たが、忽ち利目《きゝめ》を現はした酒は、今迄とは違つて、かれの前に廣い節制のないしかし激昂した自由の世界を現出した。「なアに、構ふもんか。なるやうにしかならんのだ」かう口に出して言つて、かれはまた頭を振つた。

かれは戰地のことなどを頭に繰返しながら歩いた。頭上で砲彈の炸裂する音を聞きながら、半日も進出が出來ないで、塹壕の中にうづくまつてゐた光景などが歴々《ありく》と映つて見えた。「なアに、戰爭に行つた時の心持を考へると、何でも出來ないことはない」かう思つて氣負つて凱旋して來た當時のことなどが不思議にもかれの前に現はれた。「何も小さくなつてゐることはない。これでも俺は金鵄勳章に値《あたひ》する功を立てた兵士だ。立派な帝國軍人の一人だ」

急に、かれの頭に上つて來たのは、そのM市の南の方面にあるある一區劃のことであつた。と、女の顏――久しく逢はなかつた女の顏が、かれの記憶の底からほつかりと浮んで來た。色の白い丸ぽちやの豐な肉の持主である女の顏が……。

「なアに、構ふもんか、金なんか何《ど》うにでもなる。そんなことは其時になつてからで好《い》い。もう一生の中に二度と逢はれるか逢はれないか知れない女だ。さうだ、さうしやう。思立《おもひた》つたら勇敢にやらう。」かう思つて、かれは歩調を早くした。

その一區劃――あやしい女の大勢巢を作つてゐるその一區劃は、此處からさして遠くなかつた。表向は酒場《ホール》か、でなければ小さな看板ばかりの小料理屋、その奧に二間三間かの小さな部屋があつて、警察のさう喧《やかま》しくない此頃では、場合に由《よ》つては、滿更泊めないこともないといふこともかれは知つてゐた。苦悶、懊惱、不安、さういふものよりより以上に強い魅力を持つたものは、女と酒とより他《ほか》に何物もなかつた。

やがてその一區劃に入り込んだかれは、今までとは違つて、わざと歩調を緩くして靜かに歩いた。夜が更けたので、あたりはもう靜かで、滅多に人の通つて行くものもなかつた。かれは長い間、あちこちを彷徨《さまよ》ひ歩いたことを考へた。その時雨がぽつゝりと一つ顏に當つた。

「ヤ、雨かな……。」

かう思つてかれは上を仰いで見た。空は眞暗で、星の影は一つも見えず、蒸暑い鬱陶しい空氣が、壓《お》すやうにあたりに低く垂れてゐた。此頃の夜によく見る靄もいくらかはあるらしく、向ふにある小料理屋の灯《あかり》もぼんやりと光を放たずにかゞやいてゐた。

かれは醉つてゐた。いくらか體が蹌踉《よろく》する位であつた。で、やがて二三度來たことのあるその店の灯の前に來たが、その入口の傍の低い櫞子窓の一寸ほど明いたところへと顔を寄せて、そして店の中を覗くやうにした。其處にはかねて知つてゐる色の白い丸ぼちやのその女はゐなかつたが、矢張其時も出て來てちやほやした十八九の背の低い眉のくしや〳〵した女が、ふつと色の白い顏を明るい電燈の光の中にあげて、此方《こつち》を見るやうにした。女はすぐ立つて來た。

「あら、まア貴方《あなた》？」いきなり入口の半ば明いた障子の蔭に來てその女は言つた。

かれは手で押へるやうにした。

「ゐるわよ」

「今、ゐるのかえ？」

「今、ちよつと他《よそ》に行つてゐるけども、ぢき來るわよ、あの人、この頃、よそに下宿してゐるんだから……」

「本當に來るかえ？」

「來るツたら、お上んなさいよ」かう言つて軍服の袖口を引張つたが、今度は短かい劍鞘《けんせう》を攫《つか》んで、店の中に無理に押入れながら、「一體、何《ど》うしたのさ、こんなに遲く……。兵隊さんなんか、今時分出てるものはないぢやないか」

「外泊を貰つて來たんだい。明日《あした》國に行くんだい。親が大病なんだい」

靴をぬぎながら、こんなことを辯解らしく言ふと、女は、

「親が大病なのに、來たの？　感心だわねえ。留《とめ》ちやん、喜ぶわ、屹度《きつと》」

其處に、奥の二階の階梯《はしご》の下の帳場にゐた四十先の氣の利いた上さんが出て出て、「貴方、本當にお久しいのね」「よく入らしやいましたね」「よく路を忘れませんでしたね」とか言つて、二人して、其のまゝかれを奥の一間の方へと伴《つ》れて行つた。そこに行く前に、かれは上さんのゐる帳場のあるゴタゴタした六疊の電氣の明るい中を通つて行つた。そこには上さんの子らしい女の兒が、心持よさゝうに、半《なか》ば軀《からだ》を蒲團の外に出してすやすや寢てゐた。

奥の一間へ入《い》らうとするところで、かれは二階の明るい灯と、半ば明けられた障子とをちらと見上げた。そこには客がゐるらしかつた。

六疊の眞中にある餉臺《ちやぶだい》の前にどつかと坐つたかれは、一番先に、時計を出して見て、

「何んだ、十一時だ。もう……」

と言つた。かれの頭には、消燈時刻はとうに過ぎ去つて、皆な暗い一間の中に並んで寢てゐる光景がありありと浮んで見えた。硝子窓を透《すか》して夜の空が白く見えてゐるさまなどもそれと見えた。

かれは黯然《あんぜん》として、やがて傍《かたはら》に身を倒して肱を曲げて頭に當てた。さつき取つた軍帽だの劍だのがその傍に散ばつてゐた。

「あら、ま、もう寢ころんぢやつたの？　イヤだねえ。醉つてるの？　貴方？」

「うん……」

「枕を持つて來ませうか」

「好《い》いよ」

と言つたが、またすぐ起きあがつて、

「來るのかえ？」

「今、すぐ來るつたら、貴方？　さうでせうよ、お待兼ねでせうよ。久し振りですからね」ちよつと餉臺《ちやぶだい》にかれと對して座《すわ》つて見たが「でも、御酒を持つて來るのね？　それから、一品、二品……」

點頭《うなづ》いて見せると、

「ぢや、すぐ寄《よこ》すからね、待つていらつしやい」

かう言つて女は出て行つた。

と、又かれはすぐぐつたりと横に倒れて、前と同じやうに肱を顔に當てた。思はず溜息《ためいき》が出た。ふと何も彼も忘れたといふやうに、乃至《ないし》は軀も心も疲れ切つて了《しま》つたといふやうに、急に睡氣《ねむけ》がかれに催して來た。女が再び酒と料理とを運んで來た時には、かれは重苦しい鼾《いびき》を立てて、眠つてゐた。

「また、寢ちやつたのね。酒が來てよ、もし貴方？」

かう女は呼起した。恐ろしい夢から覺めたやうに、かれはまたすつくと起上つた。そして四邊《あたり》を見廻した。

「何か言つたかえ？」

「何《なん》にも……」

「さうかえ……あゝ夢を見た――」かう言つて、重苦しさうな不愉快な顔をして、盃《さかづき》を取つて女の酌を受けた。

其處に、女の廊下を歩いて來る輕い足音がした。障子が明いた。

「お待兼だよ、お留ちやん、お奢《おご》りよ」

「ばア」

と言つて、その留といふ女はそこに顔を出して、かれの傍《そば》に寄添ふやうにして坐つた。色の白い肉附の好《い》い顔、丸々と肥つた白い腕、二つの乳の盛上るやうに高くなつた胸、かれは急に元氣の全身に漲り渡つて來るのを感じた。

「あそこに行つてゐたんだらう？」

かれは頤《あご》で二階をしやくつて見せた。

「何《ど》うせ、さうさ、きまつてゐらね。」かう言つて女は盃を男に渡して、「甚介《じんすけ》なんか起すもんぢやないよ、男は？」

「でも、二番煎じは恐れるからな」

「煎じ直しは好《い》いもんよ、ねえおつるさん」留といふ女ももうかなりに醉つてゐるのをかれは見た。

五六杯さしたりさゝれたりする頃には、かれの眼の前には、黄《きいろ》い塵埃《ちりぼこり》が舞つてゐるやうな氣がして、頭ががんとした。「かうして、酒を飲んで、騒いでゐる中だ……。騒ぐ中だけでも面白く騒がなければつまらない。」こんなことを考へたかれは、又盃を自分の口に當てた。

少し經つた後には、其一間は陽氣な唄やら、きやツきやツと騒ぐ聲やら、女の男に押される氣勢《けはひ》やらが洩れてきこえた。三味線も何《な》にもなしに、手拍子か何かで、續けざまに、乃至《ないし》は自暴《やけ》に男は淫《みだ》らな卑しい唄をうたつた。

「さうだんべいよ。そんなに醉つてゐちや歸れめいよ。泊めてやるべいよ」こんな大口を聞きながら、やがて女の出て行く氣勢《けはひ》がした。浴衣《きもの》に着替へて寢るやうに仕度が出來てから、女は中々やつて來なかつた。かれは立つたりゐたりした。床の中に入つて寢て見たが、何《ど》うも寢られない。頭がガンガンする。そして、隙を覗《うかゞ》つては、その不安と絶望と焦躁とが頭を擡《もた》げて來る……かうしてはゐられないやうな氣がする……それに、計畫を實行するには、あたりをもつとよく見て置かなければならないやうな氣がする……惡酒の刺戟で頭が重いと共に胸がむかつきさうになる。二階の一間に確かに行つたらしい女が氣になる。寢たり起きたり、わざ〳〵疊の上に來て座《すわ》つて見たりしたが、急に厠《かはや》に行くやうな風をして、かれは靜かに障子をあけて廊下に出た。

庭に松があつて、石があつて、その向ふに塀があるのが夜目にもそれが明かに見えた。かれは種々《いろ〳〵》な計畫を胸に描きながら、烈しく醉つてゐるのにも拘らず、足元正しく靜かに廊下を傳つて、厠の方へと行つた。

厠の中では、出ない小便をしぼりながら、かなり長い間種々《いろ〳〵》なことを考へながら立つてゐた。

しかしそれも際限がないので、そこから出て來て、そこにある手水鉢《てうつばち》で手を洗はうとすると、ふとある光景が鋭いかれの眼に歴々《ありく》と映つた。

折曲つた廊下の向ふは、丁度上《かみ》さんのゐる帳場のあるところに當つてゐた。そこには電燈が明るくついてゐるので、暗い此方《こつち》からは、その一間のさまがはつきりと手に取るやうに見えた。女の兒の寢てゐる傍《そば》に、机があつて、その此方《こちら》に用箪笥が置いてあるが、上さんが此方《こつち》向きになつて立つて、頻りに錢《ぜに》勘定をしてゐた。そこに錢箱《ぜにばこ》があつた。かれは暫く立つてそれを見てゐた。上さんが立つて用箪笥を明けるのをも見てゐた。ある的確とした計畫がその時かれの胸に浮んだ。戻つて行く時は、わざと音高く、足元危《あやふ》く見せかけて、その上さんの居間の傍《そば》を通つて行つた。

「お下《しも》ですか」

など〻上さんは聲をかけた。

今度はいくらかその計畫のために、心が落着いて、かれは床の上に身を横《よこた》へた。暫くすると、女の輕い足音がして、その白い肌の大きな乳の持主である女が此方《こちち》にやつて來る氣勢《けはひ》がした。

十一

五燭につけかへた電燈には、薄く蔽《おほ》ひがかけてあるので、室の中は、さうはつきりとは見えなかつたが、それでも上さんの向ふむきになつてゐる髮と、女の兒の此方《こつち》を向いてすやすや寢てゐる白い顏とがぼんやりと見えた。

錢箱も、用箪笥も、机も、長火鉢も、さつき見た時と同じであつた。上さんのぬいだ着物の赤い裏地が、淡《うす》い夜着の上にかけてあるのが見えた。

外の廊下のところに立つてゐるかれの影は、薄く障子に移つてゐた。

靜かに、靜かに、机のあるところの隅の障子が明いた。僅か一寸ほど。暫くしてそれが二寸ほどになつたと思ふと、その下の下から、殆ど疊に近い位のところから、太い手が靜かに動いて來て、それが錢箱の縁《ふち》にかゝつたかと思ふと、その錢箱はすうとそつちへと音もせずに引寄せられて行つた。上さんは大きな金は用箪笥に藏《しま》つたが、あくる朝早く歸ると言ふので、二階の客の勘定した四圓なにがしの紙幣《さつ》は、小錢《こぜに》と一緒に、鍵もかけずにその中に投り込んで置いた。

大きな手には、やがて、その四枚の紙幣《さつ》が一枚一枚づゝ握られた。で、一度、その手は引込んで了《しま》つたが、もう一度出て來て、今度は錢箱の中をかき廻すやうにした。錢の音がした。

その手はすぐ引込んで了《しま》つた。

それでもう思ひあきらめたらしかつた。今度は障子が靜かにまた少しづゝ閉められて行つた。そしてそれがまた元のやうに閉つた。

今まで微《かす》かに障子に映つてゐた薄い影は、いつかそこから除《のぞか》れて行つた。人の靜かに歩くやうな氣勢《けはひ》が、をり〳〵ミシ〳〵といふ音、それもいつか元の夜の寂寥に歸つて了《しま》つた。

ふと夢に魘《うな》されたやうに、上さんは微かなうめき聲を立てゝ、寢反りを打つた。今度は白い顔が見えるやうになつた。

此方《こちら》では、女が眼を覺《さま》した。或は無意識に男が靜かに障子を明けて入つて來るのが耳に入つてそれで眼を覺したのかも知れなかつた。女は男が壁にかけてある上衣《うはぎ》のところに立つて、後姿を見せて、何かごそ〳〵やつてゐるのが眼に入つた。

女は起上つた。

「歸るの、もう？」

「いや」

「だツて……」

「今、小便に起きたんだよ。時計が落ちてゐたから……」

「さう？」女は眠さうにして、「何時？　一體？」

かれは時計を見て、

「まだ、三時だよ」

「それぢやまだ早いわ」

「でも、今朝は早く歸らなけりやならないんだから。親が大病だつて言ふんだから」

「でも、まだ早いわ」

で、再びかれは床に入つた。靜かな話聲が長く〳〵續いた。

十二

あくる朝の七時頃には、軍服を着たかれの姿が、M市からT町の方へ行く大きな街道の松並木のところに動いて行つてゐた。昨夜降つた雨は、からりとあがつて、路傍《みちばた》の草や、木や、小砂利《こじやり》や、さういふものは洗つたやうに綺麗になつて見えてゐたけれども、空にはさうした面影はもう少しも殘つてゐなかつた。碧《あを》い濃《こまや》かな前の山からは、白い湧くやうな雲がもく／＼と渦《うづま》きあがつた。

朝日は既に昇つて、その燦爛とした光線は、廣い野から遠い山へとさし渡つてゐた。露は皆な美しくかゞやいて躍つた。山裾のところ／＼に散在してゐる村落からは、朝炊《あさげ》の煙が半ば白く半ば灰色に眞直に立昇つてゐた。

かれは昨夜からのことを細《こま》かに頭に浮べながら歩いた。かれはまだ暗い中に、二圓なにがしの勘定をして、逸早《いちはや》くそこから遁れるやうにして出て來たことを思つた。そしてそこから裏道をずつと大通りに出て此方《こちら》へとやつて來たことを思つた。しかしかれの持つた重荷は、依然として元のまゝであつた。一毫も減じなかつた。兎《と》に角《かく》、さういふ危機を遁れたといふ喜悦《よろこび》はあつても、それはほんの一些事で、かれは其の身の處置に就いては猶深く思ひ惱まなければならなかつた。大通近くに來た時には、もう夜が明け離れてゐたが、かれは何《ど》んなにその軍服姿を町の人々に見られるのを恐れたであらう。少し知識のあるものは朝早く兵士の歩いてゐるのを見て怪しまぬものはあるまい。もし、憲兵にでも逢つたら、何と言はう。何とごまかして遁れやう。昨日脫營兵のあつたことは、最早市の憲兵隊には知れてゐるやう。或は既にその捜索の網を張つてゐるかも知れない。路の角で、ひよつくり憲兵に邂逅したが最後、もう萬事了すである。その曉には何も彼も知れる。爲替《かはせ》の一件ばかりではない、昨夜やつたことも知れる。かれはもう川の畔《ほとり》で思つたやうな煮え切らない決心ではゐられないことを痛切に思つた。かれの運命は一夜の中に益々その轍《わだち》の中に深く入つて行つてゐるのをかれは思つた。もう、何《ど》うしても逃遁するより他に仕方がない。今までの自分の生活も知らず、存在も知らなかつたところに行くより他仕方がない。「あの酒がわるかつた。あの酒場《ホール》の酒がわるかつた。あの時、あの酒を飲まずに、行き憎くとも親類の家《うち》に行くか、さうでなければ、中隊長の宅にでも行つて、自分の過失をあやまればよかつた。あの酒がわるかつた」かう後悔して見てももう追附かなかつた。

それに、一方には、「もうかうなつた上は仕方がない。なるやうにしかならない。ぐづぐづしてゐて、恥辱《はぢ》の上塗をするやうになつては、それこそ猶愚だ」かういふ腹があつた。或はかれは、財布に金の餘裕があつたなら、否《いや》金があつてもM市では出來ないが、もし出來たなら、逸早くこの軍帽と軍服と銃劍とを捨てゝ、普通の和服に着改《きか》へたいと思つた。かれは蒼白い昂奮した顏をして、巡査の交番の前を通るのをすら恐れて、廻り道をして、辛うじて此方《こちら》の街道の方へ出て來たのであつた。

この街道はM市からずつと長く東京の方にもつゞいてゐるし、又反對に日本の北の果てまでも行つてゐるやうな古い大きな重要な交通路であるが、それに沿つて汽車のレールもつゞき、電信の柱も並んでゐた。それはかれの故郷の方へ行く街道とは全く方角を異にしてゐた。

しかし、かれが何《ど》うしてこの街道を選んだか。此方《こちら》の方に向つて歩いて來たか。知己も緣故も何もない此方面に向つて何故その最初の步《あゆみ》を進めて來たか。それにもかれが廣い自由な世間に向つてその身をかくさうとする意識が動いてゐたことは確かであるが、それ以外に、かれはかねて漫然聞いてゐた大きな稻荷社《いなりしや》のある賑やかな馬市《うまいち》の立つそのT町に行つて見て、猶そこで、もう一度深く自分の運命について考へて見やうと言ふやうな念が、かれの心の底の底に潛んでゐた。

「しかし、何を置いても先《ま》づ第一に、危險の多いこのM市から脫しなければならない」かう思つて、かれは一生懸命に場末の家並の不揃な町を步いて來た。

で、町から來る最初の松並木の入口に來ると、かれは立留《たちどま》つて溜息《ためいき》を吐《つ》いた。

かれは軍帽を取つて、ポッケットから引出した手巾《ハンケチ》で、流れ落ちる汗を拭いて、それから胸の釦《ボタン》を外《はづ》した。

と、兵營の生活がまた新たにかれにいろ〳〵と思出されて來た。もう七時半だ。起床喇叭はとうに鳴つた。もうそろ〳〵人員點呼が始まつてゐる頃だ。あの班長は相變らず鬚《ひげ》を捻《ひね》りながら號令を立てゝゐるだらう。殊によるとあの將校は難かしい顏をして、營庭で兵士達に號令をかけてゐるであらう。Nはあいつは平生から仲がわるかつたから、別に何とも思つてゐないだらうけれど、戰友のKは流石《さすが》にこの俺の身を心配してゐて吳れるだらう。何《ど》うしたらうと思つてゐて吳れるだらう。Kには、昨日、町を彷徨《ふらつ》いてゐる時に、あのB通りでちよつと邂逅《でつくは》した。Kはいくらか酒に醉つてゐて冗談口などを聞いた。そこで逢つたこの俺が——その時まではこんなことがあらうとは夢にも思つてゐなかつた俺が、不意に脱營兵の汚名を帯びやうとは、Kも不思議にも思つてゐるだらうし、驚いてもゐるだらう。あの男とは戰爭に一緒に行つて、恐しい塹壕《ざんがう》の中の生活の味も倶《とも》に嘗めれば、危險な斥候にも倶に出かけて行つたことがあつた。敵の騎兵に追かけられて、林の中から池の中に半日かくれてゐた時、あいつは向《むかふ》の土手の下に小さくなつてゐたつけ……。かう思ふと、考へは戰場の光景の方へとゆくりなく引寄せられて行つた。辛いには辛かつたけれど、面白いにも面白かつた。あの空中にぱッと散る敵の砲彈……白い乃至《ないし》は灰色の炸煙……山陰に巧にかくれてある敵の砲兵陣地、ピカリと光ると思ふと、凄じい雷のやうな轟の反響……。

何だか自分の今歩いてゐるところは、戰地で、あの向ふの林のこんもりとした中に敵が隠れてゐるやうな氣がする。自分はある任務を持つて此處に來てゐるやうな氣がする。――急にわれに返る。不安の重荷が依然としてかれの胸を塞いで來る。

「しかし、兎に角、此處まで來れば、もう大丈夫だ。憲兵に捉《とら》へられる虞《おそれ》はない。」かう思つてまたかれは歩き始めた。

その松並木を出やうとする時、ふと遠くから音が近づいて來て、やがて貨車と客車とを連結した長い汽車が、かれの歩いてゐるすぐ左の畠の中を通つて行つた。それは昨夜《ゆうべ》十一時に東京を出た急行車で、客車の窓には朝日がさし通つて、客がごたごたしてゐるのが半ば黒く見えてゐた。「あそこにゐる人達は、皆なのんきに旅行をつゞけてゐるのだ。自分のやうな重荷を持つてゐるものは一人もないのだ」ふとかう思ふと、かれは堪《たま》らなくさびしく悲しくなつて來るのを覺えた。

汽車の通過し去つた空しい長いレールをかれはぼんやりした態度で、立留つて、じつと眺めた。暫くしてかれはまたぼつぼつと歩き出した。

十三

人家が見え出して來た。茅葺《かやぶき》の草の生えた屋根が、不揃な高低のある見すぼらしい屋根が、古い大きな昔は本陣でもあつたかと思はれるやうな旅館が、一年に幾度鳴るであらうと思はれるやうな半鐘臺が、ぼんやりと喪心したものゝやうにぶらりぶらり歩いてゐる男が……。半《なかば》は崩れかけた荒壁の傍《かたはら》に、田舍によく見る外便所があつて、其處に栗の大きな樹に、白い花が一面に、咲いてゐるのが見えた。土臺の曲つた、間の溝の仰向いた小さな家に、大和障子《やまとしやうじ》がのめるやうにはまつてゐて、半《なかば》は開いた處から、束《たば》ね髪の汚ない身装《みなり》をした女が、欠《あく》びをしながら出て來るのが見えた。家と家との間に、狹い野菜畑があつて、馬鈴薯が白く紫に花を咲かせてゐた。家《うち》の中で母親らしい聲で何か罵つてゐるのが聞えて、やがて男の兒が急いで家《うち》から走り出して來るのが見えた。

かれは急いで來たために、既に餘程前から空腹を感じてゐた。人家のある處に行つたら、兎に角食ふ物を捜さうと思ひながらかれは歩いて來た。まだ朝飯を食ふ位の金は殘つてゐた。

ふと、うどん蕎麥《そば》と障子に書いてある家《うち》が眼に着いた。

かれは入つて行つた。

「うどんか、そばかねえかね？」

其處にゐた肥つた上さんは、靴の音にちよつと驚いたやうに振向いたが、

「まだ、ねえな、朝が早いで」

「出來ねえいかな」

「出來《でか》しや出來るが、まだ、起きたべいだでな」

「冷《つべ》たくつても、何でも好《い》いんだが、昨日の殘つたのもねえか」

「何にも、はア、ねえだよ」

仕方がないので、かれは出て來た。成ほどまだ朝が早い。何處の飲食店でも、朝飯を早く食はせて呉れるやうな家《うち》はありさうにも思はれなかつた。かれは二三軒、同じやうにして訊《き》いて見たが、何處でも同じやうな答を得るばかりであつた。

かれはある店で訊いた。

「何處かないかね、食はせる家《うち》が？……昨夜《ゆんべ》、隊に後《おく》れて、夜通して歩いて、すつかり腹が空《へ》つちやつたんだが」

「さうさな」

其處でかれに應對したのは、四十五六の汚い爺《おやぢ》であつた。「さうさな」かうもう一度言つて考へたが、かれと一緒に外へ出て、「もう少し行くとな、右側にな、古奈屋《こなや》ツていふ家《うち》があるア。あそこへ行つたら、出來るかもしんねえ」

「難有《ありがた》う」

かれはまた歩いた。

一軒、一軒かれは右側を見い見い行つた。しかし容易にその古奈屋といふ家《うち》もなければ、飲食店らしい家も見當らなかつた。唯同じやうな不揃な高低のある家並が續いた。C村信用組合などゝいふ札のかゝつてゐる家などもあつた。

ふとガランとした廣場がかれの眼の前の單調を破つた。見ると、それは村の小學校であつた。奥に二階建の大きな校舎が見えて、朝日が晴れやかにそこを照した。廣場には機械體操の鞦韆《ぶらんこ》だの、遊圓木《いうゑんぼく》だの、木馬《もくば》だのが見えた。生徒は既に大勢集つてゐた。風呂敷包を袴の上に負つてゐる女の生徒なども見えた。

校舎の具合がちよつと似てゐるので、かれはまた兵營を思ひ出した。もう奴等、朝飯を食つて了《しま》つたらうな。と思ふと、ぞろ〳〵炊事場へと當番の出て行くのが見えるやうな氣がした。炊事の下士が何か怒鳴つてゐるのが見える。つゞいて、戰地での炊事の光景が歴々《ありあり》と浮んで見えた。大きな釜……白い湯氣……炊《かし》いだ米を入れた方の釜をザブリと湯釜の中に入れる……そこらに歩いてゐるカーキー色の軍服……上衣《うはぎ》を脱いでせつせと爼板《まないた》で大きな鮭を切つてゐる兵士……。

人家が略々《ほゞ》盡きて向ふに野と畠と廣い街道とが見え出したと思つた時、かれはふと右側に飲食店らしい家《うち》が一軒あるのを發見した。果して古奈屋と言ふ字が入口の障子に書いてあつた。

いきなり入つて行つたかれは、

「朝飯を食はせて呉れないかな」

其處にゐた主婦らしい中年の女の眼も、襷がけをしてゐた若いほつてりした一目でそれとわかる酌婦の眼も、前の厨《くりや》のところに眠さうにして立つてゐたこれも矢張若い女の眼も、皆な一齊に此方《こっち》を見た。

「へい……」

と主婦は言つて、女達とちよつと眼を合せたが「まア、おかけなさいまし」

これで安心したと言ふやうに、かれは其處に行つて腰をどつかと下した。かれはかなり疲れてゐた。さう大して歩いて來たと言ふわけではないが、不安が、昨夜《ゆうべ》からの不健康の行爲が、氣がねと心配と尖つた神經が、久しく忍んで來た飢がかれを全くぐつたりさせた。かれはポッケットから朝日の袋を出して、四本殘つてゐる中から一本出した。襷がけをしてゐるほつてりした女は、そこにある火鉢をかれの方に押してやつた。

「お上んなさい、奥も空いてゐますから」

かう主婦は言つた。

それには返事はせずに、腰かけたまゝ、かれは火をつけた烟草《たばこ》をスパスパと旨《うま》さうに吸つた。淺黑い底には若かい氣分のある昂奮した顏が軍帽の下からそれと覗かれた。厨《くりや》の方にゐる女は又此方《こっち》の方を見た。

「まア、お上んなさい」

主婦は又勸めた。

かれは烟草を吸ひながら、辯護するやうに、「昨夜《ゆうべ》、演習で後《おく》れちやつてね、夜ひる歩いて、すつかり腹が減つちやつた」

「それは何《ど》うも……」

「何處に行つちやつたか。これから隊を探さなくつちやならない」

「それは大變ですね」

「此村は、隊は昨夜《ゆうべ》通らなかつたかな」

主婦は女達の方を向いて、「兵隊さん？……通らないやうだつたね、お前」

「え、通らないやうでしたよ」

厨の方の女が答へた。

「ぢや、この村は通過しなかつたんだな。何處に行つちやつたか」かう言つて、わざとかれは考へるやうな風をして、「ぢや、向ふへ行つたと見えるな」

暫くして、「まア、お上んさい。」かう主婦は勸めた。

「面倒だから、此處で好《い》いや」

「まア、それでも……」

「ぢや上るかな」

かう言つて、靴をぬいで、かれは上へと上りかけた。ぼつてりした方の女がかれの先に立つた。

かれには入つて來た時から、この飲食店の何《ど》ういふ種類の飲食店であるかといふことがすぐ飲み込めた。厨の方にずらりと並んである德利《とくり》、膳、椀、小皿、その下にまだ片附けずにある膳と椀と德利とは、昨夜更《ゆうべ》けてからのある男の騷ぎと歡樂と耽溺との名殘を語つてゐた。かれは自分の昨夜やつたことなどを繰返した。

かれの導かれたのは、すぐとつつきの六疊の一間であつた。中央に燒《やけ》こげだらけの飼臺《ちやぶだい》が置いてあつて、疊も酒や汁や燒穴で汚くよごれてゐた。

安物の火入の緣のかけてゐる烟草盆に一杯になるやうな大きなオキを入れて、やがて女は持つて來た。

「隊におくれちや困つたらうね」

女は莞爾《にこ》く笑ひながら、

「うん……困つた」

「これからまた探すのかえ」

「もう少し探がして、わからなけりや仕方がねえから、歸るんだが――」

かう言つたが、「早く持つて來てお吳れね。何にもなくつても好《い》いから……」

「かしこまりました。お酒は？」

「酒なんかいらない」

「さう？」

せてゐた。

女はまだ其處を去らずに、飾臺《ちやぶだい》に寄りかゝるやうにして、色の白い肉附の好《い》い笑顔を此方《こつち》に見

昨夜《ゆうべ》の女のことがかれの頭に絡み附くやうに見えた。その女の肉附の好い肌がそこにゐる女と一緒になつてかれを刺戟した。

「忙しいだらう？」

「さう忙しくもねえがね――」笑つてまだ去らずにゐる。

「面白いことがあるかね」

「何にもねえよ」

「そんなことはねえだらう。澤山あるだらう」

かう輕い心持で言つたが、さういふ心持ではゐられない自分であることを思つて、かれは顏を曇らせた。

女はぐづぐづしてゐたが、何か田舍唄らしいものを輙く口の中で唄ひながら、立つて向ふに行つた。

一人になつたかれは、それとなく四邊《あたり》を見廻した。長押《なげし》には何と讀むのだかわからない大きな字を書いた額がかゝつてゐて、その下に押入れがあり、右に汚いくしやくしやした庭が小さく見えてゐた。かれは立つて押入を明けて見た。箱見たいなものと、汚い蒲團と、油だらけになつた船底枕とが入つてゐた。

ふと、酒を一本飲むかなとかれは思つた。昨夜《ゆうべ》の惡酒がいくらかまだ殘つてゐて、頭がぎんぎん痛む。いやに壓しつけられるやうな氣分である。迎酒《むかひざけ》をすれば屹度《きつと》好《い》いにきまつてゐる。かれは腹の中で、財布に殘つてゐる金を考へた。まだ一圓と少し殘つてゐる筈である。「一本、飲んでやれ、構うもんか」かうかれは思つた。しかしすぐ手を鳴らす氣にもなれなかつた。

女が玉子燒か何かで膳を運んで來たのは、稍暫く立つてからであつた。それでもかれはまだ酒を飲まうか、飲むまいかと思つて考へてゐた。

急に、

「一本、おくれな」

「酒？」

「その代り一本きりだ。醉つちやつても困るから……」

女は笑ひながら出て行つた。かうした女には、客は何《ど》ういふ客であるか、これまで自分達と同じやうな女を相手にした客であるか、それともさうでないか。さういふことはすぐわかるらしかつた。やがて女は德利を持つて來た。

そして其處に坐つて酌をした。

あつい酒は疲れた體にじつと染み込むやうに感じられた。頗る旨《うま》かつた。一杯二杯とかれは盃を重ねた。

昨夜《ゆうべ》の女の肌がまたはつきりと浮んで來た。かれには何《ど》うしてさう女がついて廻つてゐるのかわからないが、また何うしてさう女が深く自分の頭の中に食ひ込んでゐるかわからないが、兎に角その纎維と自分の纎維の間に密接なある接觸關係を深く強く持つてゐることを考へずには居られなかつた。かれは悲しいやうな氣がした。とは言へ、ほつてりした肉附の好《い》い女が、かれと一緒に其處にゐて、酌をして吳れるといふことは、かれをその重荷からいくらか落附かせたことは事實であつた。

かれは冗談口を利くやうな輕い氣分でないのに拘らず、それでも矢張女を相手にして輕い口を利いた。かれは女の生れた故鄕などを訊いた。

「さうかえ、A町かえ」

「知つてゐるの？」

「B町に、親類があるから、よく行つたことがあるよ」

「さうかね、まア」

などゝ言つて女はなつかしがつた。その近所の話だの、そこのお祭の話などをかれはした。しかしかれは疲れてゐた。飢ゑてゐた。一本酒を飲んで了《しま》ふと、かれはすぐ飯を食つた。

膳を片附けて、女の再び其處に入つて來た時には、かれは座《すわ》つた位置のまゝに後に倒れて、兩手を後頭部にあてながら、昏睡したといふやうにして眠つてゐた。體の飽滿とアルコールの刺戟とは、苦もなく疲れたかれを眠らせた。

女が枕を出して頭に宛《あて》がつたのもかれは知らずにゐた。

何時間眠つたかかれは知らなかつたが、ふと氣が附くと、さつきのほつてりした女が傍《そば》に來て、頻りにかれを呼覺ましてゐた。

かれは驚いたやうな顏をして、すぐ起上つたが、

「あゝ寢ちやつた、寢ちやつた！」

「餘りよく寢てゐるからお氣の毒だつたけれど、餘り時間が經つて、遲くなるとわりいッてお上さんが言ふから……」

「あゝ大變寢ちやつた……一體何時だ……」時計を出して見て、「もう十一時だ。午《ひる》だ。隨分寢た」

「餘程くたびれたと見えるのね」

「行かう、行かう、大變邪魔しちやつた……」かう言つてかれは立上つた。勘定の外にかれは二十錢女にやつた。

十四

かれはまた步き出した。

寢たお蔭で頭はからりと晴れてゐたが、昨夜《ゆうべ》からの疲勞も餘程恢復したやうに思はれたが、その代りにセンチメンタルな物悲しいやうな氣分がかれの心を占めてゐた。

天氣はよく晴れてゐた。日はうらゝかに照つた。若葉の濃い綠は、野にも山にも一面に漲り渡

つて、麥の穗は伸び、中でももう黄《きいろ》く色附きかけたものなども見えた。隱元豆の畑、白い紫の花の咲いた馬鈴薯の畑、稻の綺麗に植ゑつけられてある水田、その向ふには低い山から高い山へとの連亘《れんこう》が鮮かに指さゝれた。

何處を見ても皆な明るく、鮮かに、天地は光りと輝きと喜悅《よろこび》とに滿ちわたつてゐた。それに比べて、かれの心の內部の狀態は、いかに慘たるものであつたらう。いかに暗澹としたものであつたらう。またいかに苦痛に滿たされたものであつたらう。かれはこの明るさと鮮かさと喜ばしさに對して、ぢかにそれに面してはゐられないやうな氣がした。天地はこの通り美しく、人間は皆嬉々としてゐるのに、自分ばかり何故かう辛い苦しい重荷を抱いて懊惱しなければならないのか。かういふハメに陷つて行かなければならないのか。急に種々《いろ／＼》な記憶やら追想やらが一緒になつて、混雜《ごたく》と集つて來て、堪へ難い涙がグッと胸にこみ上げて來た。

丁度此前家出をした時、雪の白い大きな山脈を仰いで涙を流したやうな悲哀が、止め度なく强く漲るやうにかれを襲つて來た。

かれは泣きながら步いた。

かれは立留つたり步いたり蹲踞《しやが》んだりした。

大きな街道は長くその前につゞいてゐた。向ふには美しい並木松がまた見え出して來てゐた。概してその路を步いて行くものは少い方であつたが、それでもかれは種々《いろ／＼》な人達に逢つた。草鞋《わらぢ》をはいて遠い旅を來たやうなあはれな旅客、荷車を曳いて疲れたやうにしてやつて來る若者、舊式な屋臺をかついでよぼ〳〵として歩いて行く汚い風をした老爺《おやぢ》、何處か近所の百姓の上さんらしい尻からげをした女、二三人づれで、中には女も雜《まざ》つて、白粉《おしろい》を斑につけて月琴《げつきん》などを持つて歩いて行くヨカヨカ飴屋、村の醫者らしい八字鬚を生やして鞄を持つた車の上の中年の紳士……。と思ふと、汽車がまたその響をあたりに振はせて勢よく通つて行つた。

兵營のさまがをりをりかれの頭を掠めて通つたが、しかしもうかれは始めのやうにはつきりと、また長い間それを浮べては居なかつた。何と思つたつて、もうあとへ引かへすことは出來なかつた。先へ――新しい運命へ向つて行くより外に仕方がないといふことをかれは思つた。

T町――其處は汽車では度々通つたが、また話には聞いてゐたが、大きな日本での元祖であるTといふ稻荷があつて、馬市には非常に賑やかであるとは知つてゐたが、兎に角始めて其處に行くかれは、理由なしに、其處にある運命がかれを待つてゐるやうな氣がした。兎に角、其處まで行つて見やう。さうした上で、先へ出るなりあとに戻るなりするとして、それまで一切種々《いろ〳〵》なことを思ひ惱んだり苦んだりするのは止さう。或は其處に行つたなら、思ひもかけない運命が自分を待つてゐて、この不安な不定な狀態を容易《たやす》く解決し得るかも知れなかつた。

M市からT町まで、五里には少し遠かつた。

十五

午後三時頃、かれの姿はT町から一里手前にある、昔の中の宿《しゆく》と言つたやうなK町の通に見えてゐた。

それは汚い衰へた長い町で、養蠶などで僅に息をついてゐるやうな小さな町であつた。從つて何處の家でも、養蠶につかふ籠やざるが干してあつて、軒には白い繭が美しく日にかゞやいて光つてゐた。

いくらか午後からは風が出て、街道の埃塵《ほこり》がところどころ白く颺《あが》つてゐるのが見えた。何處かで大工の鋸《のこぎり》や鉋《かんな》を使つてゐる音がした。

かれは軍帽を脱いて、をりをり額の汗を拭つた。上衣《うはぎ》の釦《ボタン》は半外《なかばはづ》してある。ズボンは遠く歩いて來たといふしるしの埃《ほこり》が白くぼかしのやうに附いてゐる。一歩一歩歩く靴も重さうであつた。

かれはこの町の入口で、旨《うま》さうに湯氣の白く颺《あが》つてゐるふかし立の饅頭《まんぢゆう》を五つ買つて、それでいくらか空き加減の腹を滿した。今、かれはその町の外れ近いところを歩いてゐた。

其處に一軒、桶屋があつた。店には出來上つた桶だの、出來かゝつた桶だの、桶にする板だのが一杯に棚やら仕事場やらに並んでゐて、中小僧《ちゆうこぞう》がせつせと臺に板を當てながら鉈《なた》で削つてゐるのが、午後の斜《なゝめ》にさし込んで來る日影に明るく浮き出すやうに見えてゐた。家の前では、四十五六になるそこの亭主が、地面に筵を敷いて、坐つて、桶のたがをかけるために、長い細い割竹を精々《せつせ》と扱《しご》いて丸めてゐた。

かれは其處に來かゝつたが、そのたがゝに丸める細い割竹のくるくると廻るのに眼を留めて、さながらめづらしいものに見惚《みと》れた子供か何ぞのやうに、じつと立つてそれを見た。

と言つて、傍《そば》に寄るでもなく、何か亭主に話しかけるでもなかつた。かれはぼんやりとして唯立留つて眺めた。

亭主の引くにつれて、細い割竹はくる〳〵と丸まつて、段々たがになつて行つたが、それを亭主は桶の縁にあてゝ、一度あてがつて見て、又外して、緩めたりつめたりして、更にそれを桶の縁にはめ込ませた。そして宛てがつたくさびの上を、桶を廻しながらトントンと軽く叩くと、たがは次第に旨《うま》く桶の中ほどのところにはまつて行つた。

トン、トンと叩くにつれて、亭主の手にした桶は面白く廻つて行つた。

かれはぼんやりと立つて見詰めた。

一つ濟むと、今度は亭主は更に又細い長い割竹を取つて手繰《たぐ》つて丸め始めた。くるくると見るが中《うち》に、竹は丸く輪を描いて、手早く再びたがになつて行つた。長い細い割竹の末が絶えず動いた。

立留つたかれの横顔の半面からかけて、亭主の手元、桶の一方の側、それから店の仕事場、中小僧の鉋をつかつてゐる方へと午後の日影は明るくさしわたつてゐた。

かれはそこに十分ほどじつとして立留つてゐた。何故そこにさうして立盡してゐたか、亭主のたがをはめるさまが面白くつてそれに見惚《みと》れてゐたのか、それとも他に何か理由があつたのか、それとも又勞《つか》れたのか、それはかれ自身にもわからなかつた。かれは喪心したもののやうに見えた。

やがて再びかれは歩き始めた。

亭主は店の中小僧に言つた。

「變な兵隊がゐるもんだな。立つて見てやがつた」

「本當ですね。私《わたくし》はまた何か用でもあるんかと思つた」

「餓鬼《がき》ぢやありやしめいしな。たがを入れてゐるのを見てゐる奴もねえもんだ。變な兵隊だな」

「本當ですね、親方」

「何《ど》うかしてやがるんだ。何うだ、あの歩きざまを見ろよ、肩が落ちるやうな格好をして歩いてら」

「何《ど》れ？」

と言つて、中小僧は仕事をやめて出て來た。それとき丶つけて上さんも出て來た。「それだよ、それ、向ふによちよち歩いて行く兵隊だよ。じつと後《うしろ》に來て立つて見てやがる。それがちよつとぢやねえ、このたがを二つはめて了《しま》ふ間見てやがつた。何か言ふかと思へや何にも言ひやしねえ。變なのんきな兵隊もあつたもんだなア」

「何《ど》れさ……」

出て來た上さんは訊《き》いた。

「それ、向ふにぐづぐづ歩いて行くぢやねえか。」

「あ丶、あれ」

かう言つた上さんは、午後の日影の中を、通りの右側に添つて、茶褐色の軍服と軍帽とをはつきりとあたりに見せて、靜かに歩いて行つてゐる一人の兵士の姿を見た。

「本當に變でしたね、親方」

かう言つて三人は笑つた。風がまた白い埃塵《ほこり》をあたりに立てた。

十六

T町に行き着くまでに、かれは猶ほかなりに長い時間を費した。腹は減つたけれども、もう午《ひる》飯《めし》を食ふ銭《ぜに》もないので、二錢出して、かれは又ふかし甘藷《いも》を買つて食つた。同じやうな並木松と、町と、村落と、野と、畠とは、行つても行つても際限なく續いた。

右に絶えずその前景を爲してゐる山嶺の連亘《れんこう》は、その色と姿とをいつか變へて行つてゐた。今は午後の日影の下に、碧《あを》は稍赤味を帶び、その複雜した襞《ひだ》も、午前のやうなはつきりした形を見せなくなつた。雲はいくらか出て、遠い山の頂には湧くやうな白い堆積が渦《うづま》き上つた。

入口に汚い襤褸《ぼろ》の蒲團を干してゐるやうな家もあれば、ぼつつり道路に面してさびしく立つてゐる農家などもあつた。ところどころ川が滿ちて流れて、川柳や芦や萱が青々と生えてゐた。あるところでは、さうした小川に橋がかゝつて、その向ふに農家の邸宅と思はるゝやうな瀟洒《せうしや》な家に女の姿などが見えた。

摩《す》れ違つた男にかれは訊《き》いた。

「T町までまだ餘程ありますか」

「いゝえ、もうすぐ」

と言ひ捨てゝその男は素氣《そつけ》なく向うに行つた。

暫く行つて、かれはまた同じ問をくり返した。

今度は袢纏《はんてん》を着た汚い爺さんであつたが、立留つて丁寧に、「もうすぐだ。五六町あんめい。もう家が見える筈だ」かう言つて後の方を指《ゆびさ》して見せた。

少し行くと、果してそのT町——何《ど》んな運命が其處にかれを待つてゐるか知れないT町が、午後の日影を帶びて夫《それ》と見え出して來た。高い低い甍《いらか》、白い土藏、混雜《ごたく》した家並、それが廣い晴れた平野の地平線の上に浮き出すやうに……。

汽車のレールがずつと町に入つて行つて、その向ふに大きな停車場、信號柱、其處に留《とゞま》つてゐる貨車などが見えた。白つぽけた小さな丘陵が其處此處に現はれ出して、ひよろ松が一二本その上に生えてゐた。左は一面の野で、青々とした水田の果ては濶《ひろ》く遠く、多分海の上に浮んでゐるだらうと思はれる白い大きな鳥の翼のやうな雲が、日に照されて半ば赤く染つて見わたされた。

やがてかれはT町の入口のところへと來た。

川の水が流れてゐた。そこには橋がかゝつてゐる。見ると、向ふ岸にこんもりとした綠樹の繁茂があつて、その下に偏《かたよ》つた流れに家鴨《あひる》が七八羽ギヤアギヤア言ひながら泳いでゐた。山から出てまだいくらも流れない水は綺麗で、せゝらぎを立てゝ流れてゐたが、此方《こつち》は石原に青い草が生えて、子供達が其間を跣足《はだし》で遊んでゐるのが見えた。綠草の中には何といふ花か知らないが白い花が雜《まじ》つて咲いてゐた。野藤などもかゝつてゐた。

橋の上で又ぼんやりとして立留つたかれは、見るともなく、その水に浮んだ家鴨の群を見た。家鴨は水かきのついた大きな足で、體の重さを持扱つてゐるやうにして鳴きながらよちよち歩いた。ふとかれは故鄕のことを思つた。一番先に、母親の顏が眼に浮んだ。この前の日曜日に別に用事があつてM市に來た次手《ついで》だと言つて、ある家《うち》の二階で半日母親と一緒にゐた。母も老いて、白髮がもう眼に立ち始めて來てゐた。其時里に歸つてゐる妻の話をしたことをかれは思ひ出した。母親は里の人達の義理知らず情しらずを散々並べ立てた後で、「一體、お雪はまた何《ど》うい ふ氣でゐるんだか」と言つた。かれは其時、「なアに、投《うつち》やつて置くさ、あんな奴、もう歸つて來て貰はなくつたつて好《い》いんだよ、母《おつか》さん」と言つた。其時は今度の戰功で、金鵄勳章はとても貰へないが、ちつとは金が餘計に下るだらうなどと言つて、一年後の除隊の時の話などを母親にした。それもこれも皆《みん》な駄目になつたとかれは思つた。續いてかれは山裾の寺の中に埋められてゐる老祖母の皺の多い笑顏を思ひ出した。大きい女郎屋の色硝子の窓に當つた夕日のさまがちよつと浮んでそしてすぐ又消えて行つた。

いつとなくかれは橋の欄干に凭《よ》りかゝるやうにしてゐた。もうかれは家鴨の群を見るでもなく、子供の遊ぶのを見るでもなく、又川の流れを眺めるでもなかつた。かれは唯ぼんやりしてゐた。と、その側を荷車が通つたり、女を乘せた車が通つたり、人がぞろぞろ通つたりした。若い町の娘が二人づれで手をつなぎながら、何か面白さうに樂しさうに笑つて話しつゝ通つて行つたりした。

暫くしてはつと氣が附いたやうにして、かれはまた靜かに歩き出した。

町が長く續いた。それはこの平野の中では、M市についでの重要な町で、人口も一萬近くあつて、月に三回賑やかな市《いち》も立つので、何處となくあたりが活氣に富んでゐた。家並なども揃つてゐた。

でも、町の中心まで來るには、かなりの距離があつた。尠《すく》なくとも七八町、もつとあるやうにすらかれには思はれた。呉服屋、乾物屋、雜貨店、金物屋、桶屋、ある家の前では、小僧が精々《せつせ》と荷をつくつてゐた。ある店では、此處等に見かけないやうな若い東京風の細君が、束髪《そくはつ》姿を後に見せて、丸い小椅子に腰をかけて、物を買つてゐた。ある店には禿頭の番頭が退屈さうに坐つて通りを見てゐた。

町に入ると共に、暫くかれを離れてゐた不安が又かれを襲つて來た。此處には、憲兵の心配はないが、それでもかうして一人で軍服で歩いてゐて、もしや人に疑はれはしないか。不思議に思はれやしないか。かう思ふと、何だかたまらなく不安に危險に感じられて來た。何より一刻も早くこの軍服を脱ぐ、算段をしなければならないと思つた。さうだ……本當に一刻も早く……。

「しかし、仕方がない、もし咎められたら、外泊で歸郷中だと答へやう。外泊證を見せろと言つたらまた其時のことだ……或は、隊からこゝまでもう手が廻つてゐるかも知れないけれど、警察と軍隊とでは捜索の方針も違ふだらうから、まだ大丈夫だらう。知れたら、知れた時だ」こんなことを思ひながらかれは歩いた。

段々町の中心に近づきつゝあつた。しかし思ひの他に時間が經つた。あるところで見た時計は、もう五時を五六分すぎてゐた。五六里の路に一日！　自分ながら隨分ぐづぐづして歩いて來たものだと思つた。「しかし、あそこで半日は寢たやうなもんだから」とも思つた。それに、早く行く必要はない。餘り早く行つて泊ると却つて旅館の人達にも疑はれる。

つゞいて自分の財布にもういくらも金が殘つてゐないことが氣になり出した。何處にかれは宿賃を得るであらうか。何處にかれは茶代を得るであらうか。かれはまた昨夜のやうにして金を得る算段をしなければならないのか。かう思ふと、かれはうんざりした。何處までこの重荷がかれについて廻つて行くのであらう。何處まで行つたら、かれはこの重荷を脱することが出來るであらう。かれの考へは、循環小數のやうに、又それからそれへと繰返された。「あの時躊躇せずに、營門の中に入つて行けば好かつた。何故行かなかつたか。何故……」かう思ふと同時に、いつそこれから宿に着いたら、國に手紙を出して、事情を詳しく書いて金を送つて貰はうか。かういふ考がまた浮んだ。しかしさうすれば、何《ど》うしても再び兵舍の中に戻つて行かなければならなかつた。自分のやつた罪惡を明るみに出すばかりではなく、懲罰令以上の恐ろしい禁錮の處分を今度は受けなければならなかつた。從つて、來年どころか、猶二年も三年もあの兵營の中にゐなければならなかつた。本當に何《ど》うして好《い》いか、かれには分らなくなつて了《しま》つた。

銀行だの、信用組合だのが段々町の兩側にあらはれ出して來た。大きな土藏造の家などがあつた。T銀行と小さく黑い札に金文字で書いてある煉瓦づくりの家の前には、自轉車が二三臺置いてあつたが、丁度その時二十一二のハイカラの店員が、新しい麥稈《むぎわら》帽子とセルの洋服とをくつきりとあたりに見せて、そこに置いてある一臺の自轉車に乘つて、すうと巧にそこから出かけて行つた。屹度《きつと》何處かに現金を持つて行くのに違ひない。あの男の持つた折鞄の中には五百や千の金は入つてゐる。……もつと入つてゐるか知れない……。かう思つてかれはその後姿を見送つた。

郵便局の大きな建物の前では、貯金、爲替と札の出てゐるところに、髮をくし卷にした女と近在の百姓らしい汚い爺《おやぢ》とが立つて待つてゐた。局員の事務を執《と》つてゐるのが金網を透《とほ》して見えた。

「爲替や貯金の時間は、もうすぎた筈だがな」

それとなくかれは思つた。

それから少し行つたところで、かれは、T町警察署と書いた札の下つてゐるのを見た。かれはぎつくりした。かれはかれとこの建物との間に何か斷《た》つことの出來ない因緣があつて、何となく自分の體がそつちに引張られるやうな氣がした。それは大きな白いペンキ塗の建物であつた。二階づくりであつた。門の中に形の面白いひよろ松が一二本栽《う》ゑてあつて、その奥に五六段の石段のある嚴めしい入口が覗かれた。ズボンだけ白い服にした巡査が劍を鳴らして其處から出て來た。

かれは急いで、それを避けるやうに、通の反對の方の側に行つた。しかし幸《さひはひ》にも巡査は一人かうして歩いてゐる兵士をあやしみもしなかつた。かれの振返つた時には、その巡査は既に遠くの方へ歩いて行つてゐた。

かれは又歩調を緩やかにした。

有名な稲荷の祉《やしろ》は、何でも町でも南の外れ近いところにあるといふことをかねてかれは聞いてゐた。そしてそこの町の旅館の大きいのもその近所にあるといふことであつた。相馬屋《さうまや》といふ旅館の名をかれは度々耳にした。「T町では、相馬屋が一等さ」誰もかれも皆なかう言つた。

その相馬屋にかれは泊らうと思つた。「兎《と》に角《かく》、そこに行つて考へやう」かうまたかれは思つた。

かれは向ふから來た人に訊いた。

「相馬屋ツて言ふ旅籠屋《はたごや》はまだでせうか」

「相馬屋、それは稲荷さまの前だ。もうぢきだが――」

「難有《ありがた》う」

かうかれは時宜《じぎ》をした。

それでもまだ稲荷祉《いなりしや》のあるところまでは一二町あつた。やがて流行神《はやりがみ》の門前町のやうなカラアがかれの眼《まなこ》に映り出して來た。小さな旅館、つゞいて、小さな料理屋、赤い襷をかけた頰の赤い女中、土産物《みやげもの》などを一杯に並べてゐる店、正月の初祭は大したもので、近在近郷から賽客《さいきやく》が大勢集つて來て、汽車が臨時列車を出しても乗切れないほどで、その時は旅館は何んな小さな旅館でも、客で一杯になるといふことであつた。それは古い千年も前からある稲荷社で、M市がまだ城にならない時分から、既に儼《げん》としてそこに鎮座してゐたのであつた。

「お入んなさい、お休みなさい」

かう言ふ聲は賑やかに其處にも此處にもきこえた。

大きな稲荷社は、通りからは、ずつと奥深く行つてゐて、覗くと、大きな華表《とりゐ》と門と宮とが暗く深い杉の森を背景にして見えてゐた。

しかし、縁日でも何でもないので、その日は參詣するものも少く、何《ど》の料理店にも旅館にも、客がさう澤山は入つてゐないらしかつた。通りの角には、昔、街道であつた時分の名殘の大きな女郎屋の青い古びた暖簾《のれん》が、さびしさうな夕風に靡いてゐた。通りには駄馬が五頭も六頭もつゞいて通つてゐた。

ふと左の方を見たかれは、そこに三階建ての大きな古い旅館のあるのを見た。それが相馬屋であつた。店の眞中に置いてある眞鍮の大きな火鉢や、講社のビラや、左にひろく出來てゐる門などが一番先にかれの眼に映つた。店に接して、別に奥深く庭から入つて行く入口なども見えた。

かれはそこに來て立留つて、高い三階を仰いだ。三階の廊下には、白い日除《ひよけ》の幕に夕日が明くさし渡つてゐた。かれは店の方から入つて行つた。

十七

「入らつしやい」

かう言つて番頭は迎へた。

それにつゞいて、「入らつしやい」といふ上さんやら女中やらの異口同音の聲が聞えた。大きな帳場のところには、かなり年を取つた此家の祖母らしい婆さんが莞爾《にこ／＼》して笑つてゐるのが見えた。

「お泊りさまで、」「へい、さやうで御座いますか」などゝかれの樣子をぢろ／＼見ながら番頭は言つたが、「ぢや、二階の奧の二番」から其處に案內に立たうとして出て來た女中に言つた。

「靜かなところが好いのだがな」

「へい、ごく靜かで――今ぢや、何處も空いてをりますから……へい、今は丁度養蠶の時期で、田舍から御參詣が御座いませんから、それは靜かで、へい」

から番頭は矢張揉手《もみで》をしながら言つた。

で、かれはだぶ／＼するズボンのポケットに兩手を差込みながら、幅の廣い階段を女中に導かれて登つて行つた。

橫肥りに肥つた餘り容色《かほ》の好くない女中をかれは見た。

成ほど番頭の言つた通り、何處の室もがらりと明いてゐて、二階の上り口の一間に近在の農家の息子らしい客が一人ゐるばかりであつた。やがてかれはそれをぐるりと廻つて、裏の栽込《うゑこみ》に面したやうな六疊の一間に通された。

「ちと陰氣だね」

「でも靜かなことはこゝが一番靜かですな」

「それはさうだね」

「よろしいでせうか」

「好いよ、此處で」

女中はすぐ下りて行つた。

流石《さすが》にかれは疲勞を感じた。僅か五里の道ではあるけれど――平生ならば半日かゝらずに歩いて來るほどの距離であるけれども、精神と神經が動搖してゐるので、十里も十五里も遠く歩いて來たやうな氣がした。かれは劍を吊つた帶皮を取ると、そのまゝいつもするやうに兩手を後頭部に當てゝ仰向《あふむけ》に倒れた。

かれは溜息を深くついた。

そして天井を見詰めたまゝ何か物を深く考へてゐるものゝやうに大きく眼を明いてじつとしてゐた。

女中はやがて火を持つて來て箱火鉢の中にそれを入れて、殘つた卷煙草の吸殼を十納に取つた。つゞいて菓子と茶とを持つて來た。浴衣《ゆかた》をも持つて來た。それでも猶仰向けになつたまゝ、かれは身動きもしなかつた。

女中は言つた。

「おくたびれでせうね？」

「うむ」

始めて其處に女中がゐるのに氣が附いたやうに、此方《こつち》を見て、

「そんなに歩かないのだがな」

「何處から來たな、お客さん」

「M市から……」

「汽車でなしに歩いて來たんですか」

「途中に用もあつたで……」

「でも、歩いちや、大變ですね。五里ですか、六里ですか。」

「六里だな。五里には遠いな」

「さうでせうね、お客様も、何《ど》うかすりや歩いて來たッて言ふ人があるけど、矢張さう言ふで」

「此頃は靜かかね？」

「今日は靜かだけども……昨日は十人ほどの講中《かうちゆう》が來てな。それが騷いで、いそがしかつた」

かう言つたが、女中はまだ起きやうともしないかれを見て、「くたびれが治るだで、すぐお湯に入んなされな」

「もう、出來てるのか」

「今、沸いて、向ふのお客さんが入つたばかりだ」

「あのお客さん、前からゐるのかね」

「昨日《きのふ》、一昨日《をととひ》から泊つてゐなさる。何でも、登記所か何かに用があるんでせう。今日は其處に行つてた……」

「在郷のもんかね？」

「さうらしいな」

かれは體を起したが、「あゝもう和服を持つて來て呉れたのか、それは難有《ありがた》い。軍服は窮屈でな」かう言つて立上つて、釦《ボタン》を外して上衣《うはぎ》を脫いて、白い塵埃《ほこり》に塗《まみ》れたズボンを取つた。下には格子縞の綿ネルのシャツの洗ひ晒しに汗の染み込んでゐるのが見えた。ズボン下ももう薄黑く汚れてゐた。

女中がズボンを二階の欄干のところに持出して、塵埃《ほこり》を拂つてゐる間に、かれは其處に置いてあつたさつぱりした浴衣《ゆかた》を取つて着た。

「あゝ、これでさつぱりした」

餉臺《ちやぶだい》の前にゆるく胡坐《あぐら》をかきながらかれは言つた。

「ぢや、お風呂にお入んなさいな」

女中に促されて、かれは靜かに體を起した。「まア湯にでも入つて考へやう」とかうかれは思つたのである。二階の裏の折れ曲つた階梯《はしご》の上に來た時、そこに深く茂つた梧桐《あをぎり》に日影の薄れて行つてゐるのをかれは見た。風はまだ吹いてゐるが、餘程靜かにはなつたらしく、前に深紫の山嶺の連亙《れんかう》を持つた平野の町は、やがて靜かな初夏の薄暮に迫らうとしつゝあつた。

やゝ薄暗い足元の危い階級《はしご》を下に下りると、又、庭の栽《う》ゑ込に添つた廊下があつて、その奥に厠《かはや》らしいものが見えて、手水鉢《てうづばち》などが置いてある。そこに又もやぼんやりとして立つてゐるかれを、「此方《こちら》です」と言つて女中は色硝子をはめたその風呂場の扉を明けた。

かれは一番先にそこに掲げてある大きな鏡に自分の顔の映つてゐるのを見た。

蒼白い顔、額のところの軍帽をかぶつた白い跡、帽子のあとを印した延びた五分刈の頭、角度の著しく際立つた頬骨、何だかそれは自分ではないやうな氣がして——昨夜あゝいふことをしたり、長い路をやつて來たりした自分ではないやうな氣がして、じつと深くそれに見入つた。かれはまた輕い溜息《ためいき》を吐《つ》いた。

湯に入つてゐる時間はかなり長かつた。隊とはちがつて如何にも靜かな風呂場であつた。そこは早や既に薄暗かつたが、それでも前から夕暮の殘照がさし込んでゐるので、まだ洋燈《ランプ》を要するほどでもなかつた。「お加減は如何《いかゞ》で御座いますか」顔は見えずに、外で女の聲がした。

「丁度好《い》いよ」

綺麗な湯の中に白く自分の體のすき徹《とほ》るのを見ながら、かれはかう無意味に答へた。あとは女は去つたらしく、外に人のゐる氣勢《けはひ》もしなくなつた。

穴から覗いて見ると、其處は家《うち》の裏の野菜畑になつてゐるらしく、隱元だの茄だの馬鈴薯《じやがいも》だのが栽《う》ゑられてあるのが見えた。さゝげに手がやつてあるのなども見えた。赤い白い花などが咲いてゐた。

流しに出ても、かれは別に體を洗はうともしなかつた。一瞬の間にも心はすぐその重荷に觸れて行つてゐた。かれはぼんやりとして、考へるともなくまたそのことを考へ始めた。硝子戸の隅のところに微《かす》かにさし込んで來てゐた夕暮の餘照は、次第に薄く薄くなつて、もう少しでその痕《あと》をとゞめなくなるばかりになつてゐたが、かれが二度目に湯に入つて流しへ出て來た時には、もうその影も全く消えて了《しま》つてゐた。

かれはさびしい氣がした。

それでも湯から上つて、浴衣《ゆかた》を着た時には、流石《さすが》に體がサバサバして、そんなことを同じやうに考へてゐたツて仕方がない、もう少し元氣を附けなければいけない。かういふ風にかれは考へた。一方から考へて見ると、さう煩悶して、思ひ崩折れてばかりはゐられなかつた。如何やうにしてもかれはそのあやしい運命の中から活路を求めなければならなかつた。

かれは風呂場の入口の扉を明けて、それから厠《かはや》に入つて、やがてそこから出て來て手を洗つたが、ふと昨夜の庭を隔てた居間の燈《あかり》の光景を思ひ出した。かれはそれとなく四邊《あたり》を見廻した。

それは槇《まき》だの檜だの松だのの繁つてゐる栽込《うゑこみ》のところどころに大きな石が置いてあるやうな庭であつた。石燈籠が一つ薄暮の空氣の中に立つてゐた。垣を隔て、隣の廣場を隔てゝ、斜《なゝめ》に廣い平野の山のかゞやきが見えた。

しかし別にかれの心を惹くやうなものはなかつた。かれはそのまゝ靜かに歩を進めて、元來た廊下を折れ曲つた階級《はしご》の方へと行つた。

もう薄暗くなつた二階の階級《はしご》を二三段上つて、折れ曲つて、猶登らうとしたかれは、ふとそこに、上に一人の女の立つてゐる姿を見た。女は顔を斜めにして、柱に片手を寄せて、戸外の夕暮のさまでも見てゐるといふ風であつた。

さつきの女中ではないと言ふことはすぐわかつたが、かれは別に心にもかけず、そのまゝ一段二段と階級《はしご》を上つて行つた。ふと、女は此方《こつち》を見たが、自分の眼を疑ふといふやうにして、更にじつと此方を見詰めて、

「まア」

と叫んだ。

かれも驚かずには居られなかつた。かう言ふところにかれを知つてゐるものはない筈であつた。かれは再び女を見た。驚愕《おどろき》は周章を混じた喜悦《よろこび》と昔の罪悪に對する不安とに變つた。かれはそこに小婢を見た。裏の小屋で嬶曳したお雪を見た。縋つて來るやさしい心と情と涙との持主であるお雪を見た。いざとなつて冷淡に突離したお雪を見た。自分の今の妻と同名であるがために「お雪、お雪」と母親が呼ぶ聲を聞いて、今は何處に何《ど》うしてゐるであらうと思つたお雪を見た。大勢の女に觸れて見てから始めてその小さい眼から出た眞珠のやうなまことの涙を理解することが出來たそのお雪を見た。

「お雪ぢやないか？」

「まア」

女も餘りの不意に、暫しは心臟の皷動に堪へなかつたやうに、または何《ど》ういふ言葉を交して好いかと思惑《おもひまど》つたやうに、今でも思ひ出すには思ひ出したが、逢つたら、今度逢つたら思ふさま此方《こつち》から辛く出て行つてやらうと不斷思つてゐたのに、それを現に此處で逢つて、何《ど》うした態度に出たら好《い》いかと思ひ惑ふやうに、いくらか躊躇の態度を見せたが、しかし、そのなつかしい、惚れた記憶のある、始めて深い戀といふことを小さな心に植ゑつけてくれたその男に對しては、恨み、つらみより何より先に、なつかしいといふ念が胸に一杯になつて來て、女は平生の考へなどをその刹那の念頭に置いてゐるわけには行かなかつた。

「まア、ねえ、」

「えらいところで逢つたね、こんなところで逢はうとは思はなかつた」

かういふ男の言葉の中にも、お雪は其の聲と態度と表情と氣分とのかくすところなく現はれてゐるのを見た。それはなつかしく戀しいと共に、恨めしく腹立たしい聲であり表情であり氣分であつた。お雪はじつと男の顏を見た。

要太郎はまた要太郎で著しく變つてゐるお雪を見た。かの女はもういつの間にかすつかり大人になつて、肉附にも、顏にも、髮にも、多い男の中を、愛憎と執着と惑溺との滿ちた中を、乃至《ないし》は欺騙と虛僞と遊蕩との中を幾つとなく通過して來た痕跡の殘つてゐるのをかれは見た。

かれもお雪も種々《いろ〱》な記憶やら感じやらの雜然として起つて來るのに逢つて、互に默つて立つたまゝ、急には何も言へなかつた。二人は互に二人を調べ合ふやうにして立つてゐた。

「えらいところで逢つたね」

男の方がまた言つた。一種の微笑《ほゝゑみ》――昔お雪に對してよく男が見せた忘れ難いなつかしい微笑《ほゝゑみ》をお雪は見た。

「本當ですねえ。私は、何《ど》うも似てる、似てるツて思つてはゐたんですよ。さつき、廊下で後姿を見た時にも、さう思つたんだけども――まさか、若旦那だとは思ひもかけなかつたもんだから……今、そこで顏を合せた時は、本當にはツとしましたよ」

「全く奇遇だな」かう言つたかれの心の底には、自分の運命の前に突然あらはれて來たこの一女性が、溺れかけたこの自分に救命繩を投げかけて呉れるか、それとも深い谷の中に一層深く自分を陷れて行く怖ろしい手となるか、それが何方《どちら》ともわからないやうな不安が起つた。一方では、「こいつから、金を引出してやれ」などとも考へてゐた。

昔の怨恨《うらみ》の痕跡――始めちよつと見えたその怨恨の痕が、やがて時の間にすつかり女の顏から態度から消えてなくなつてゐるのを男は見遁さなかつた。一言《こと》二語《こと》話してゐる中に、かれは裏の小屋で酷《むご》く取扱つた小娘の笑ひと表情とを再びそこに發見した。かれに取つては不思議に、またかは全く奇蹟と思はれるばかりに、自分の心が女に向つて著しく偏《かたよ》つて行つてゐるのを感じた。かれは其處に昔の小婢の涙と色白のあはれな顏と男の冷たい情に泣いて母親に伴《つ》れられて行くさまとを描いた。「お雪、お雪」かう今の妻の名を母親が呼ぶ毎に、その小さなあはれな鳩を思ひ出した心が今でも續いて波打ちつゝあるのを感じた。

「若旦那は兵隊さんになつて戰爭に行つてゐるツて聞きましたが、もう除隊になつたんですか？」

「いや、今日、ちよつと用があつてね」どきりとしたのを面《かほ》にもあらはさず、かう輕い調子でかれは言つた。

「戰爭からはいつお歸りになつたの？」

「つい此間だよ。まだ五六ケ月しか經たないよ」

「ぢや、凱旋の時ですか」

「あの少し前だ」

「さうですか……」

かれは、「今日はね、少し用があつてね、二三日の暇を貰つて出て來たんだよ。」

「さうですか」

かう言つたが、お雪は笑つて、「若旦那、色が黑くなつたのね。」

「さうかな。何《ど》うしても、兵隊さんになつちやね。」矢張笑つて見せたが、「お前も隨分變つたぜ！」

「それは變りましたとも……」ふとそれからの種々《いろ／＼》の艱難を思ひ出したといふ風に、女は曇つた顏の表情をして、「あれから、いろんなことがあつたんですもの。」

「さうだらうね。」

女の顔をじつと見て、

「隨分、苦勞したらうね」

「それや、ね、苦勞しましたよ、若旦那！」種々《いろく》なことを思ひ出すと、俄かに胸が迫つて來たといふやうに、「話し切れないほどいろんなことがあるんですよ」

涙が女の眼に浮んだ。

「何時から來てるんだえ？　此處に……」

「此處に來たのは、まだ先月、先々月ですけどもね、此處に來るまでに、隨分、あちこちを歩きましたよ」

突然、下で、「お雪さん、お雪さん！」と呼ぶ朋輩の聲がした。

「はアい、何に、此處にゐるよ」

かう大きな聲で言つたが、要太郎の方に寄つて、「十番ね。あとで、ゆつくり話しに行きますからね。……でもね、私が貴方を前から知つてるやうにはしないで置いて下さいね。丸で知らない人のやうにして置いて下さいね」

かれは點頭《うなつ》いて見せた。

「お雪さん、何仕てるのよ」下からかういふ聲が迫つて來た。

「今、行くよ。忙しいね、本當に……」かう言つたが、要太郎の方を見て、ちよつと笑つて見せて、すたすたと折れ曲つた階段を下りて行つた。

要太郎は二歩三歩靜かに歩いて、廊下の出り角の處へ行つて無意識に立留つた。突然湧くやうにかれの前に起つて來た思ひもかけなかつた邂逅が、かれの體の底に横《よこた》はつてゐる暗い不安の狀態と一緒になつて種々《いろ〳〵》に巴渦《うづ》を卷いた。しかし今の場合、かれに取つて、その女がかれの前に現はれて來たといふことは、決して喜ばしくないことはなかつた。久し振で、其の柔い、やさしい聲を聞き、涙脆い素直な姿を見、なつかしい笑顏に接しただけでも嬉しかつた。それに、女が當然持つてゐるであらう男のことよりも、女の財布の底などが暗いかれの心の中を掠《かす》めて行つた。

かれはやゝ暫く其處に立つてゐた。野は既に暮れつゝあつた。山々にさし殘つた夕日の影も暗く、何處か遠くで馬子の唄を唄ふ聲がした。街道の角の古い大きな遊女屋では、女のさゞめく氣勢《けはひ》が賑かにきこえた。

十八

今は稻荷への參詣の客の大勢來る時節ではなかつたけれど、それでも昔からT町の相馬屋と言つて聞えてゐる旅館だけに、薄暮《ゆふぐれ》に大分泊客《とまりきやく》が大勢入つて來たらしく、女中達の忙しげに二階を上つたり下りたりして行く氣勢《けはひ》や、どたどたと客の座敷に入つて來る音や、手を鳴す音や、番頭が何か言つてゐる聲などが、其處の角此處の廊下に賑やかにきこえた。「入らつしやい」などいふ聲が下で聞えたりした。

要太郎の眼には、さつきちよつと下りて行つて見て來た大きな店の明るいさまが歷々《ありありく》と映つて見えた。店の眞中に吊された大きなランプ、明るく四方にさし渡つた光線、しかみ火鉢を前にして坐つてゐる番頭、大福帳だの算盤《そろばん》だのの一杯に置いてある帳場の中に坐つてゐる主人、その向ふは、厨《くりや》で、そこは忙しげに物を煮る湯氣が白く颺《あが》つて、ランプの薄暗い光線の中に、鮪の一疋なりの大きなのが倒さに鍵に吊されてゐるのなどが見えた。女中達は皆な忙しさうにして働いてゐた。何處に行つたかと思つて、あたりを見廻すと、お雪は厨《くりや》の向ふの暗い處に後姿を見せて、半分膝をついて、頻りに膳部の準備《したく》をしてゐた。

要太郎はその以前に、旣に宿帳をつけ、夕飯を濟ませてゐた。

番頭が宿帳を持つて來たのは、階段《はしご》の上でお雪にわかれて、自分の室に歸つて來てから間もなくであつた。番頭は腰を低くして、其處に厚い宿帳と禿《ち》びた筆の二三本入つてゐる硯箱とを置いて行つた。かれは番頭の去つた後で、宿帳をひつくり返して見て、さて何と名をつけやうかと思ひ迷つた。お雪に逢ひさへしなければ、無論匿名で書くのであつたけれど、お雪自身も自分とお雪とは知合ではないやうにして置いて呉れとは言つたけれど、お雪に見られて、匿名で書いたのを疑はれてはと思つた。かれは又ちよつと思案した。またかれは思つた。何《ど》うせ一二日の中には、何うにか自分の運命がきまるのである、又、きめなければならないのである。構うものか、本當の名を書いてやれと思つて、筆に墨をつけた。しかしかれはまた躊躇した。憲兵隊と警察との連絡は、何うなつてゐるか能《よ》く解らないけれど、何《ど》の道、それは危險でないことはない。もしものことがないとも限らない。お雪に知れると言つたつて、お雪と自分との知合であることが知られない以上、匿名で書いたとて、お雪に知られるやうなことは先づ先づ滅多にはあるまい。で、かれは自分の近所の町のある商家の息子の名を其處につけた。

夕飯の給仕は、最初かれを此室に案内した女が來てした。刺身、野菜、椀盛――さういふものが膳の上に並んでゐた。酒を一杯飲みたかつたけれど、かれはそれよりも一層夥しく飢ゑてゐた。午飯《ひるめし》はかれは饅頭とふかし芋で間に合せた。

「姐《ねえ》さん、いつからゐるんだね」

「私《わたくし》は古狸だよ。これでも……」

「何年位ゐるんだえ？」

「もう三年」

「面白いことがあるだらうね」

「面白いことなんかあるもんかね。忙しいのと、眠いのと、それつきりだよ」

「何うだかな……」

「私《わたくし》のやうなもの、誰が構ひ手があるもんかね」

「旨《うま》く言つてゐるア」

「本當だよ」

言葉のぞんざいなのに比べて、身裝《みなり》などはちよつと小綺麗にしてゐた。繻子《しゆす》の腹合せ帯などをしめてゐた。

「一體、何人ゐるんだえ？　姐さん達は？」

「今？」

かう言つて考へて、「五人……」

「割合に少いね」

「だから忙しいんだよ」

「お雪といふのがゐるね」

「知つてるの？」

「いや、さつき呼んでたからさ」

こんな通り一遍の話をしながら、要太郎は夕飯を四杯までお代りをして食つた。刺身、肴《さかな》、野菜、椀の汁の最後の一滴も殘さず吸つた。しかも、さうしてゐる間にも、かれは營舍のことを考へずには居られなかつた。昨夜から、今日にかけて、中隊で、大騷ぎをして自分の行方《ゆくへ》をさがしてゐるさまなどが歷々《ありありく》と映つて見えた。無論、故鄕にもその報知が行つたらう。M市の知己の許にも尋ねて行つたらう。或は——或は昨夜とまつたあの家《うち》にも行つたかも知れないと考へて見たが、誰も班の者で一緒に行つたものはないからと思つて、それは否定した。丁度今時分は營舍では食事がすんだ頃だ。暢氣《のんき》に煙草でも喫《ふか》して自分の噂をしてゐるだらう。かう思ふと、昨夜、川の畔《ほとり》でぼんやりしてゐたことなどが思ひ出された。

女中のをり〳〵話しかける言葉と、さうした想像と、箸を取つて行くにつれて飢の滿されて行く快感とが、一緒になつてかれの體を領した。兵士が一人かうして普通の旅舍にとまつてゐることに就いての疑ひが、この旅舍の人達に起つてゐはしないかといふ不安も、をり〳〵は頭を擡《もた》げて來るので、かれは鋭い眼附をして、女中の方を見た。お雪と、お雪と詳しい話をするまでは——それまでは、脫營兵であるといふことを知られたくない。こんな風にもかれは考へた。わざとのんきな風を裝つて見たりした。

「明日《あした》は別にお早くなくつても好《い》いんだね」かう言つて、女中は膳をお櫃《ひつ》の上に載《の》せて、そして下に下りて行つた。幸ひに女中はかれの明日の行程をきかなかつた。疑つてゐるやうな素振も少しもなかつた。再び上つて來た時には、女中はかれが橫に倒れてゐるのを見たが、さつきかれのつけたまゝ其處に置いてあつた宿帳に眼を附けて、

「もう書いたの？」

「うん……書いた」

寢ながらかれが言ふと、女中はそのまゝそれを持つて、半《なかば》明いた障子のところから出て行つた。涼しい夜風が室に吹込んで來た。

橫になつて、じつとしてゐると、すぐその運命に對する怖しい不安が頭を擡《もた》げて來るので——種々《いろ〳〵》と頭が痛くなるほど神經が尖つて來るので、かれはすつと立つて、廊下へ出て、闇の夜に吹く涼しい風に熱い顏を向けた。故鄕に手紙を出して金を送つて貰はうかとちよつと思つたが、かれはすぐそれを打消した。

何時の間に、かう大勢客が來たかと思はれるやうに、室ごとに灯《あかり》が明るくついて、笑聲だの話聲だのがきこえた。大きな聞えた旅館ではあるけれども、この近所の慣習の料理屋兼業なので、きやつきやつと笑ふ女中などの聲も陽氣に、何處か碎けた、土地の淫蕩の臭ひのあたりに滿ちわたつてゐるやうなのをかれは感じた。何處かで、三味線の音《ね》などがした。

廊下を歩いて行くと、「あら、田中さん、そんなことをしちやいやよ」などゝいふ女中の聲がした。男が女に戲れてゐるさまがかれの神經を尖らせた。

「お雪ぢやないか？」

かう思つたが、それはお雪ではないらしかつたので安心して、二足三足向ふに行きかけたが、今度はお雪が何《ど》うしてゐるか、見ないではゐられないやうな氣がし出して來た。お雪はあれつきり姿を見せなかつた。忙しいのではあらうが、何《ど》うしたらう？　何《なに》をしてゐるだらう？　と、急に、「兎に角、家《うち》を見て置くことが肝心だ。此處で自分の運命を右なり左なりにきめるのだ。さうだ。見て置かう。」かうかれは思つて歩き出した。

室がずつと並んでゐた。そして廊下がぐるりとその室々を廻《めぐ》つてゐるやうになつてゐた。そろそろ暑くなつて來る頃なので、何處の室も大抵障子は一枚位づゝ明けてあつた。ある客は商人らしく、さつきの女中を相手にして、さびしさうにしてもさく〳〵と飯を食つてゐた。ある客は、食事をすました後の身を暢々《のび〳〵》と横《よこた》へて、手帳などをつけてゐた。大方今日使つた金を書き附けてゐるのであらう。ある室では、洋服姿の男が、これから何處かに出やうとしてゐた。ある室では、客はゐずに、大きな旅鞄が二つまで床の間に置いてあるのがかれの眼に映つた。と、その鞄の中がかれに考へられて來た。

で、かれはお雪の姿を彼方此方《あつちこつち》に探したが、最後に、厨《くりや》の奥に膳拵へをしてゐる後姿を發見するまで、何處にもその姿を見出すことが出來なかつた。順番で、今日はお雪は、膳拵への方へ廻つて、忙しくしてゐるのであつた。

店に出た時四十五六の主人が、

「何處かお出かけですか？」

かう聲をかれにかけた。

「ちよつと町を散歩して來る」

で、番頭は下駄を並べて呉れた。ふと番頭の禿げた頭が灯に光つて見えた。

「行つていらつしやい」

かういふ聲をあとにして、かれは大通へと出た。流石《さすが》は稲荷の社の前だけに、その門前には、茶屋だの料理店だのゝ灯《あかり》がちら〳〵と明《あ》かくついて、色の白い女や、湯氣の颺《あが》つた厨や、二階に上る段梯子などが闇の夜の中に透《す》くやうに見えてゐたが、少し町を外《はづ》れると、もうすつかり闇で、蛙《かはづ》の聲が唯湧くやうにきこえて來るばかりであつた。かれは其處に行つて、やゝ暫く立つてゐた。涼しい風が袖の明いた寛いだ浴衣から肌へと吹き込んで來た。

星の光りに山々の黒く靡いてゐるのが見えた。

引返して、稲荷社へ入る角の古い遊女屋の前に立留つたかれの頭には、山裾の故郷の町の遊廓が思ひ出されてゐた。こゝらでも、故郷の町と同じく、矢張、張見世をしないので、廣い座敷が唯がらんとしてゐるだけであるが、それでも、さうした家の内部に熟してゐるかれには、眼に見えない内部のさまも歴々《ありありく》と見えるやうな氣がした。梓《あづさ》の顏などが思ひ出された。

暫くして、其處を出て、稲荷の社の中に入りかけて見たが、灯《あかり》も見えず、路も闇《くら》く、別に心を惹くやうなものもないので、かれはすぐ引返して、ぶらりくと歩いて、晝間歩いて來た通りを警察署のあるあたりまで行つた。

そしてかれはそこから引返して來た。

お雪の後妻は、矢張、厨の奥のところに見えてゐた。「おかへんなさいまし」かう言つて其處にゐた人達は迎へた。

ふと、かれの眼にくつきりと映つたものがあつた。それは此處の祖母らしい婆樣《ばあさん》が坐つてゐる帳場の傍《そば》に、一ところ三尺の押入位にくりあけて、そこに大きな金箱らしいものが置いてあることであつた。金庫ではなかつたが、尠《すくな》くともそこに金が藏《しま》つてあると言ふことは、本能的にすぐかれの頭に反響した。かれはじつとそれに見入つた。今年七八歳になる女の兒に何か言ひかけてゐる白髮《しらが》の婆さまの皺の多い顏もそれと見た。

かれは急いで階段《はしご》を上つた。

十九

それから一時間ほど經つて、かれは厠《かはや》へ行かうとして、暗い廊下のところを通ると、向ふから運よくお雪が來た。

幸に四邊《あたり》に誰もゐなかつた。

「あ、若旦那！」

「忙しさうだね」

「今日は下番《したばん》の方に廻されたもんだから、手が明けられないんですもの。……行つて、お話がしたいんだけども……」

「…………」

「もう、しかし、ぢき隙《すき》になりますから……」

「すんだら、お出で……」

「えゝ」

かう言つて、「でも、誰にも、若旦那が私を知つてることを言はないでせう？」

「言はない、言はない」

「十番ね」

「さうだよ」

白い笑顔が闇の中に浮き出すやうに見えてゐた。向ふには、樹の繁つた栽込《うゑこみ》があつて、その緑《みどり》葉《ば》に、二階からかそれとも下座敷からかの灯《あかり》が明るく線をつくつて渡つてゐるのが見えた。そしてそれと反對に、かれ等のゐる廊下は、暗くなつてゐた。廊下の突當りからは、二階に上る折れ曲つた階子《はしご》があり、此方《こちら》は、矢張細い廊下を通つて、店の方へ行くやうになつてゐた。下座敷と二階との寢道具のしまつてある室がそこにあつた。棚には船底枕とくゝり枕とが澤山並んでゐた。

かれはお雪の白い笑顔を見、お雪は要太郎の五分刈の頭と顏とを闇の中に見た。さつき突然邂逅した時にも、一度結ばれた肉のきづなが、女の方では男の冷酷に對しての戒愼があり、男の方ではかねての殘酷な自己の所爲に對する一種の反抗のやうな心持があつたのにも拘らず、強い力で互にそれを結び附けやうとしてゐたが、今では、その強い力が、一層盲目的に、丁度遠心力と求心力とが相交錯するやうに、二人の心と體との間にある漲溢《ちやういつ》を示して來てゐた。

しかし男に對するお雪の戒愼の力はまだかなりに強くその盲目な愛情の中に働いてゐた。厨で忙がしがつてゐる間にも、お雪は種々《いろ〳〵》男のことを考へた。再び陷つて行く自分の運命などゝいふことも考へた。それに、お雪には、此處に來て間もなく出來たKといふ男がゐて、それが親切に何彼とやさしいことを言つて呉れるので、惚れてゐるといふほどではないが、賴りになる人とは思つてゐた。膳ごしらへをしながら、お雪はその男のことを考へたり、二階にゐる昔の殘酷な戀人のことを考へたりした。厨にばかりゐて、二階に上つて行かなかつたのも、單にお雪が忙がしいからばかりではなかつたのであつた。お雪はもう昔の無邪氣な小鳩のやうな娘ではなかつた。

お雪はその時の悲哀と恨みと母親の憤怒とを今でもをりをりは思ひ起した。それでゐて、お雪は又わかれてからも二年も三年もその殘酷な戀人が忘られなかつたことを思ひ出した。或は殘酷だけそれだけ忘れられなかつたのかも知れなかつた。いつそもう今日は逢ふまい。なまじいに逢つて、自分を陷れて行くよりも、明日になつて靜かに、普通の人と少しも變らないやうにして行く方が好《い》い。かうも考へた。しかしあらゆる抑制も戒愼も、盲目な愛慾に對しては、何の效《かひ》もないやうな一種の強い衝動をお雪は感じた。

それに、わかれてからの自分の經て來た辛い悲しい境遇を男に話さずには居られないやうな氣がした。

人の來る氣勢がして別れやうとした時、お雪は不意に、男の熱い握手を自分の右の手に感じた。お雪は無理に引離すやうにして、頭を振つて見せた。戒愼と抑制とがまたお雪の胸に上つて來た。

「ぢや、ね、話もあるからね」

「え」

かう言つて、女はわざとバタ〱と草履《ざうり》の音を立てゝ、店の明るい灯の方へその姿を隱した。

二十

何《ど》んな物語がお雪の口から話されたであらうか。虐《しひた》げられ、蹂躙せられ、打たれ、罵られた小さな鳩の物語――それが何んなに深い影響を要太郎の心と體との上に齎《もたら》したであらうか。

其處にかれはかれが梓《あづさ》や他の女のために甞めさせられた爛《たゞ》れるやうな苦痛と悲哀とを發見した。鞭《むち》と笞《むち》との下に折檻せられるもの〻苦痛と悲哀とを發見した。水と火との中に半ば溺れやうとした憐れなもの小さなもの〻姿を發見した。かの女はかれの家を出てから、母親と繼父との折檻を受けなかつた日はなかつたといふ。殆ど食ふものをすら碌に食はせられなかつたといふ。豪家の若旦那をさういふところまで手に入れて置きながら、何《ど》うすることも出來なかつた意氣地なさを何《ど》んなにひどく罵られたか知れなかつたといふ。それに思ひもかけない新しい事實がかれを驚かした。女の言ふところに據《よ》ると、かれの家を出る時、女は月のものがとまつてゐたといふことであつた。しかし經驗のない身には、別に、さういふことも氣が附かず、始めてそれと疑はれ出したのは、それから二月ほど經つてからのことであつたが、父母に知れて、若旦那の許に又その心配を持つて行くやうなことはあつてはと思つて、何んなに女は苦勞したか知れなかつた。それに、さういふ話を若旦那のところへ持つて行くといふことは、絶對に二人の間を割《さ》いて了《しま》ふことだと信じてゐたかの女は、小さい心ながらも、獨りでそれを處分しやうとして何んなに苦心したか知れなかつたといふ。幸ひ、近所に、不斷からかの女の不幸に同情してゐて呉れた中年の女がゐて、それをおろすやうにして呉れたが、そのため、かの女は半年以上も苦しい病床に横《よこたは》つて寢てゐたといふ。そして、その間にも、絶えず殘酷な戀人のことを思つて忘れることが出來なかつたといふ。

それを訊《き》いた時、

「本當かな――」

かう要太郎が言ふと、

「本當でないことを私が言ふわけがありますか」

かう言つて、やさしい溫順《おとな》しい性質に似げなく、女は眼を吊《つる》し上げて、涙をほろほろこぼしながら言つた。

要太郎は默つて手を拱《こまぬ》いたまゝにしてゐた。

かれにしては、かうした大きな運命の瀨戸際に立つて、更にかうした大きな愛情に打突《ぶつつか》るといふことは、驚かることでもあり、又更に神祕な不可思議な報酬を報いられつゝあるやうなにも感ぜずには居られなかつた。女の戀の苦痛は、これまでかれの經驗した戀の水火の苦痛の中に一々裏書をして再現されて來た。梓や其他の女に向つて注いだかれの空しい愛情を、女も矢張かれの爲めに長い間經驗させられてゐたといふことが、段々かれにもわかつて來た。

女の家はかれの生れた町から東に七八里隔てたM市に近い廣野の中にある小さな農家であつた。女は每日かれのゐる山の方を見て暮したといふ。そこに雪がかゝつたり晴れたりするのを見ては、闇から闇へと葬られた愛情の塊を思つたといふ。そして唯一言でも好《い》い、それだけでも好いから告げたい。一生の中には是非その話をせずには置かない。かう思つてかの女は暮した。かの女はやがて其處から西に十五里もある町へ酌婦として賣られて行つた。それはこの附近に見るやうな田舎の人達を相手にする家《うち》で、一面其家の婢《をんな》のやうにして働くと共に、夕方からは、着物を着改《きか》へたり白粉をつけたりして、客の酒の席へと行つた。其處には疳癪持の亭主がゐて、毎日のやうに怒鳴りつけられた。横面を張り倒される位のことは何でもなかつた。二十《はたち》にもなつて味噌藏の中で一日泣いたりしたことなどもあつた。しかし石の上にも、水火の中にも生きれば生きられる生活があつた。そこで女は男といふものゝ淫蕩な不眞面目な女の眞心を玩具《おもちや》にすることを得意とするものであることを教へられた。自分の正直な小さな心ではとてもその荒い熱い波を凌いで行くことが出來ないといふことをも悟つた。かの女の今までの狀態は赤手で恐ろしい火の中に飛び込んで行つたやうなものであつた。一夜、お雪は泣いて泣いて泣き盡した。それは自分が今まで思つてゐる男の心の冷酷といふことが心《しん》から飲み込めたためであつた。あゝした慘酷も、あのやうな薄情も、皆なさうした男の心であると思つた時、一層涙は胸へとこみ上げて來た。胸の底に人知らず思ひを包んで、この眞心のいつかは先方に通ずる機會があるであらうと憑《たの》みにして、そればかりを大事な大事な生命のやうに思つてゐたのも、皆な空賴《そらだの》みで、空想で、夢か幻のやうなものだと女は段々思ひ始めたのであつた。かの女は今でもその夜の涙をはつきりと思ひ出すことが出來た。譯なしに涙が出て來る。窓に凭《よ》つてゐても出て來る。星の空を見ても出て來る。客の前に坐つてゐても出て來る。そして冷めたい夜床も、浮くばかりに一夜泣明かした。

その翌年《よくとし》、かの女は其處から溫泉のある遠い山の中に行つた。しかし時は既にかの女の小さな純な心を砕いてゐた。もう酒席に出て小さくなつてゐるやうなお雪ではなくなつてゐた。客の枕《ちん》席《せき》に侍《じ》するにも、最初の一二年のやうな苦痛と悲哀とを感じなくなつてゐた。かの女は運命に從はねばならない身を自覺してゐた。從つてお客を綾なして金をつかはせる術をも覺え、心にもないやさしい言葉を客に投げかける手管《てくだ》なども覺えた。輕い口なども利《き》くやうになつた。

要太郎が梓を忘れ兼ねて懊惱煩悶してゐる時分、丁度かの女はその遠い溫泉の山の中にゐた。かの女は土地のある若者に思はれて、その男は毎晩のやうにかの女のゐる小料理屋へとやつて來た。小さな室、山に向つた小さな櫺《れん》子《じ》窓《まど》のついた室、其處をかの女は今でも歷々《ありありく》と頭に描くことが出來た。その窓からは、山にかゝる雲が見え、白く瀨をなして流るゝ谷川が見え、一時間毎に吹き上げる溫泉の白い湯氣の颺《あが》るのが見えた。谷川の橋の上を雨の降る日に傘の通つて渡つて行くのをかの女はよく眺めた。

繁々《しげしげ》通つて來るその若い男を要太郎と思つて見たこともあつた。そしてその積りで心を靡かせて行つて見たりした。裏の小屋での媾曳《あひびき》の嬉しかつたシーンをそのまゝその山に向つた室でのシーンに一緒に雜《ま》ぜて樂んだりなどした。忘れ難いのは、初戀の心であつた。しかし、いかに交《ま》ぜて見ても、其聲、其顏、其言葉、其表情、さういふところから、その幻影《まぼろし》はいつも破れて行つた。その若者のために別にかの女の許に通つて來た中年の男を、振つたり何かしたので、その土地では一時はかなりに評判になつたが、しかしその若者が親類から束縛されて、無理に妻帶した時にも、かの女は別に深く悲しみもしなかつた。その若者と別れて來る時にも、要太郎に別れた時の半分も心を動かさうともしなかつた。

それからかの女は彼方此方《あちこち》へと流れた。E町にもゐたこともあれば、K町にもゐたことがある、そしてそれから移り替つて行く度に、その借金は殖《ふ》えて行つてゐた。そしてそれは大抵は强慾な母と繼父とのためであつた。今でも、をりをり母親はやつて來て、折角《せつかく》心がけてためて置いた金や着物を持ち出して行つた。

要太郞の妻がかの女と同じ名で、今は里に歸してあるといふ話を訊《き》いた時には、お雪は言つた。

「子供は？」

「子供なんかない」

「うそでせう。あるんでせう。坊ちやん？　孃さん？」

「本當にありやしないよ」

「さう、本當に……」

お雪は凝《じ》つと男の顏を見て、

「お兄《あに》さんは？」

「東京の學校に行つてる」

「もう、大學に入るんですか？」

「來年だらう？」

「矢張、それぢや、あの方ばかり母《おつか》さんやお父《とう》さんに可愛がられてゐるのね？」

「何《ど》うせ、さうさ……」

「何うしてでせうね」

「矢張、俺が馬鹿だからさ……」要太郎は考へるやうな眼附をして、「戰爭にはやられる。死ぬ生きるの思はする。兵隊の辛い勤務はする……今でも、それで苦しんでゐるんだからな」

「本當ですね。何《ど》うして、あゝ親御さんと氣が合はないんでせうね」

「誰にだつて氣なんか合はないんだ。初めから、誰にでも憎まれるやうに生れて來たんだから……」

「…………」

其時分を知つてゐるお雪には、要太郎の境遇が同情されずには居られないやうな氣がした。家《うち》の人達が誰も構はない。丸で他人の厄介息子のやうな扱取《とりあつかひ》をしてゐる。それを氣の毒に思つたのも、お雪の戀の初めの心であつたかも知れなかつた。二人は默つて相對した。夜はもう十二時をすぎてゐた。誰も彼も皆眠つた。女中も客のあるものは客の室へ、ないものは女中室にいぎたなく熟睡してゐた。お雪は此處にやつて來る前に、既に自分の受附の用事をすまし、主人夫婦、つゞいていつも遲くまで起きてゐる老婆の奥に寢に入つて行くのを見送り、料理方の男と番頭とが大戸を閉めて外へ出て行くのを見濟まし、朋輩のお咲が客があつて三階の奥の一間に寢に行くのを承知してから、靜かにこつそりとこの十番の室へとやつて來たのであつた。

入つて來た時には、要太郎は床の中に入つてゐたが、それでもまだ大きな眼を明いて起きてゐた。餉臺《ちやぶだい》の上のランプは、ホヤが黒くなつて薄暗い光線を一間に投げてゐた。お雪は靜かに障子を明けて、少し笑ひながら入つて來た。

要太郎は起き上つた。

火鉢にはまだ火がいくらか殘つてゐて、そこにかけてある鐵瓶の湯はまだ熱かつた。薄暗い光線の中を透《とほ》して、長押《なげし》にかゝつてゐる軍服と軍帽とが微かに見えた。

火鉢を前にして坐つたお雪は、餉臺《ちやぶだい》の角のところに坐つてゐる要太郎と、丁度斜《なゝめ》に相對するといふ形になつてゐた。お雪は眞面目な顏の表情をして艶めかしい樣子などは更に少しも見せなかつた。

始めは小聲で話した。

暫くしてから、

「隣は？」

かうお雪は訊いた。

「ゐないだらう、誰も……」

「さう」

かう言つて、「ゐるんぢやない」と疑ふやうにしたが、そのまゝ立つて行つて、中しきりの襖を細目にあけて覗いて見て、「大丈夫、ゐない」

で、元の座に戻つて、それから二人は普通の聲で話した。

艱難と苦痛との長い長い話、それも口に上せては、さう長くはかゝらなかつた。要太郎はお雪の色の白い頰にをり〳〵涙の傳《つた》つて落ちるのを見た。思ひ出しては堪《たま》らないといふやうにして、話をやめて、袖で涙を拭くのを見た。悲しい思出に自ら誘はれてをり〳〵話を中途でやめる顏のあはれな表情を見た。要太郎も動かされずには居られなかつた。かれは憐れな女の物語に引摺られて行くやうなのを感じた。自己の冷酷と無情に對する報酬が完全に酬はれつゝあるのを感じた。かういふ心を餘所《よそ》にして、他《ほか》に熱いまことの心を求めた自己の愚さなどもくり返された。お雪も要太郎の目の時々潤んで行くのを見遁さなかつた。

艱難の多い人生が今更のやうに要太郎の胸を壓した。自分に離れずについて廻つてゐる重荷、その重荷も時々かれの胸に重苦しく蘇つて來た。年に比べていろ〳〵な經驗をしたとは言ひながら、流石《さすが》に年のまだ若い要太郎は、これから來る人生の大波に對して、不安と恐怖とを感ぜずには居られなかつた。かれに取つては、これから無限にひろげられた人生は、全く暗黑で一道の光明すらその前に認められないやうなものであつた。

女の話を聞いてゐる間に、今日長い路をM市から此處までやつて來た自分のあはれな姿が見えたり、かくしに一文の金もなくて甘諸《いも》を午飯《ひるめし》の代りにした自分が見えたり、寢床に熟睡した兵士達の顏が見えたりした。故鄕の父母の顏、裏の小屋、夕日の當つた女郎屋の色硝子の窓、三等郵便局の卓《テイブル》なども見えた。要太郎は二三本殘つた煙草を靜かにふかした。女は火箸で灰の中をいぢつてゐた。

女は急に訊《き》いた。

「それでも奥さんは時々來て？」

「凱旋した時に、ちよつと一度來たきりだよ」要太郎は口を歪《ゆが》めて皮肉な顔をして、「嬶《かゝあ》なんかに、もう思ひは殘つてゐないんだよ。除隊になつて歸つて行つたツて、嬶《かゝあ》なんか、もう歸つて來やしないよ。」

「そんなことはないでせう？」

「だツて、さうなんだもの。この間、お袋が來た時にも、その話をしたんだもの。あんな奴は何《ど》うでも好《い》いんだ！」

「だツて……」

「離縁して貰ふやうに話してあるんだよ、もう。何《ど》うせ、氣が合はないし、それに、親達同士も仲がわりいんだ」

「何《ど》うして、また、そんな奥さんを貰つたんだらうね」

「始めから、かうなるのは、わかつてゐるんだ。不思議はないんだよ。……思はないとも……嬶《かゝあ》のことなんかちつとも思ひやしない。戰地に行つてゐたつて、手紙一本よこしやしない。一年以上も一緒にゐて、子供も出來ないんでも分らア。」

「矢張、薄情なのね、貴方は？」

かう女は眞面目に言つた。

「だツて、……だツて」かれはどぎまぎして、「だツて、氣が合はない奴なんだもの」

「奥さんだツて可哀相だ」

「何アに、可哀相なことなんかあるもんか。先だツて、ちつとも己《おれ》のことなんか考へてゐやしないんだ……。向ふから離縁されるのを望んでゐるんだもの」

「何處の人?」

「M村の百姓だよ」

「大盡《だいじん》?」

「金は少しはあるんだらう。……」かう言つたが、「本當にお前も苦勞したな」

「えゝ……」

「まア、仕方がないあの時分は、己《おれ》もまだわからなかつたんだから。子供だつたんだから。男と女のことなんかよくわからなかつたんだから……」

「今ぢや、もう餘程經驗が積んで、猶ほ薄情になつたんでせう?」

「隨分、いろんな目に逢つたよ、俺も」……梓のことなどを要太郎は頭に浮べながら、「隨分女にはえらい眼に逢はせられたよ。これも皆んなお前のたゝりだ」

「旨《うま》いことを言ふのねえ」

「本當だよ。苦勞させて、本當にすまないと思つたよ。だつて、その證據には、嬶《かゝあ》の名がお前と同じなので、お袋が呼ぶと、お前を思ひ出して困つたんだもの」

女はそれには頓着せずに、「でも、私の思ひだけでも屆いたから好い。何《ど》うか一度逢つて話したい。話さずには置かない。何んなお婆さんになつてからでも、一生の中には一度は逢つて話さずには置かないと思つたんだ……。でなくつちや闇へやつた子に對してもすまないと思つてゐたんだから……」

女は長い話をすませて、ほつとしたといふやうな顔をしてゐた。二人はまた暫し默つて相對した。

要太郎は鐵瓶を取つて、まだいくらか熱くなつてゐる湯を急須《きふす》にさして、それを茶椀についで、自分も飲み、お雪にも勸めた。新しい局面が二人の間に展《ひら》けて來なければならないやうな氣分がそれとなくあたりに滿ちた。

「戰爭は大變でしたらうね？」

「隨分えらい目に逢つたよ」

「銃丸《たま》なんか來るところへ行くんでせうね」

「行くどころぢやない。もつと先へ行くんだ。敵の中に斥候に行く時なんか、それやえらいもんだよ。丸で生きてる空はないね」

「さうでせうね」

お雪は考へて、「その代り、手柄したんでせう。勳章は貰へるんでせう？」

「何《ど》うだか、當てにはならないけれども……ちつとは貰へるだらう？」

「除隊はいつ？」

て來た。

「順よく行けば、來年だけれども……何《ど》うなるか」重荷に對する不安は、又かれの胸に押寄せ
「今日は何《ど》うして此方《こっち》に來たの？」

かれははつとした。脱營兵――かう思ふと胸が震へた。

「ちよつと用があつて……」

「明日《あした》歸るんですか」

「明日は何うなるか、用の都合で、もう一日ゐなくつちやならないかも知れない。海岸まで行つて來なくつちやならないかも知れないから……」

お雪は別に深く疑ふやうな樣子もないのでかれはいくらか安心して、「隊がゐるんだよ、海岸に……。K町にゐるか、それともT村にゐるかちよつとわからないがね……。その都合で、明日一日また泊らなけりやならないかも知れない」

「さう？」

お雪は笑つて見せたが、其處に置いてある時計を取つて見て、「もう一時よ」

「さうなるかね」

かう言つたが、要太郎は急にある衝動を受けたと言ふやうに、いきなり手を女の方に延した。

女はそれを避けるやうにして立上つた。

男も續いて身を起した。

女は男の手に袖を執《と》られながら、「歸して頂戴よ、ね、後生ですから。聞いて戴きさへすれやそれでもう好《い》いんだから……。このまゝにして、その代り一生、貴方のことを忘れずに考へてゐますからね、後生ですから、お願ひだから」こう言つた女の眼からは、ほろ〳〵と涙が流れた。お・雪は昂奮してゐた。

「堪忍して呉れ、な、な、本當に、今夜といふ今夜、お前の本當の心はわかつたんだから。今度こそ、俺が本當の眞心を見せてやるから……な、な、本當に堪忍して呉れ、俺だつて、俺だつて、そんなにわるい人間ぢやないんだから、これでも血もあり涙もある同じ人間なんだから、な、な、」かう言つて傍《そば》に立つて來た要太郎の眼からも、涙がほろ〳〵落ちた。

「俺ア、惡人ぢやないんだから、な、な、本當にすまなかつた。な、な」

「でも、後生ですから」お雪も泣きながら言つた。

お雪も男の眼から涙の流れて落ちるのを見た。お雪も何《ど》うすることも出來なかつた。

「まア、座《すわ》つて……」

かう言つて、男は無理にお雪をそこに座らせた。

暗いランプがパチ、パチと音を立てた。暫くすると、夜行の汽車が來たらしく、停車場の方で物の動く音が一しきり賑やかに聞えた。お雪はかよわい自由にならない女の身の悲哀を染々《しみ〴〵》と感じた。

二十一

何《ど》うかしなければならない。愈々決心を固めなければならない。右なら右、左なら左へ行く決心をしなければならない。かういふハメに陥つた以上はもう仕方がない。實行、實行、それより他《ほか》に路はない。自分の出て行く路はない。

……それなら、國に歸る？　イヤだ。イヤなことだ。國にはもう思ひ殘すところはない。國に歸つたつて何もない。嬶《かゝあ》は無論離縁、父親だつて母親だつて、俺に對しての愛情はちつともない。捨てゝ去つたつて、何とも思ひやしない。故鄕のあの山、山裾の町、湯、そんなものだつて、一つとして自分に敵意を持つてゐないものはない。誰の顏も皆な俺を見て笑つてゐる。罵つてゐる。冷笑してゐる。溫かい心持などを持つてゐて呉れるものは一人もない。

遁《に》げる……このまゝ遁げる……お雪をつれて遁げる。何處の海の果か、山の中か、さういふところにお雪を伴《つ》れて遁げのびる。さうすれば、お雪と一緒になることが出來る……地方へ歸つたのでは――除隊されて國に歸つたのでは、到底お雪と一緒になることは出來ない。とても出來ない。親達や親類の反對だけでも出來ないのはきまりきつてゐる。……それに、お雪がこんなにまでこの俺を思つてゐて呉れたとは思はなかつた。熱いまことの心が――さがしてさがしてさがし廻した心が、かうして此處にあらうとは夢にも思はなかつた。……遁げるより他《ほか》に路はない。お雪をつれて遁げる。初めは自分は一人で遁げて、そして、あとからお雪がやつて來るやうにする……。それには是非實行しなければならない。一文も持つてゐない自分は、先づ金をつくることを考へなければならない。……金、……金、……金、かう思ふと、晝間銀行で金を持つて行つたらしい銀行員の自轉車姿がふと浮んで見えた。

と思ふと、一方では、お雪の戀を再び得たことが何とも言はれずうれしいやうな、力強いやうな神祕のやうな氣がする。自分の運命の中に突然さうした女の情が入つて來たといふことは、善か惡か、さういふことは少しもわからないけれども、兎に角何等かの暗示であるやうに思はれる。……すぐ自分の傍《そば》に、その心がある。その魂がある。その呼吸がする。觸れば觸られる。髮がある。油臭い髱《たぼ》がある。

ふとある計畫をかれが考へた時には、かれははつとした。神經が昂《たか》ぶつて、體が動搖して、身が際限のない谷底に陷つて行くやうな氣がした。と、一方では、祕密、罪惡に對するかれの興味がかなりに強い力でかれの魂に蘇つて來た。暗い闇の中に自分が見える。安芝居などで見た惡人の心理が自分の心理になる。怖ろしい罪惡を平氣で自分がやつてゐる。罪惡そのものよりも、それを實行する勇氣が潑溂として眼の前に浮んで見える。他人の出來ないことを自分がしてゐるといふことに深い戰慄を感ずる。暗くなつたり、明るくなつたりする。闇の中に無限の罪惡が見える……と思ふと、金銀の輪がじつと見詰めた闇の中に燦爛として見える。つゞいて、閃々《せん〳〵》とした火が見える。戰爭の巷である。自分が今其處にゐる。黃色い灰色の砲烟が其處にも此處にも颺《あが》る。砲聲が耳を劈《さ》くばかりに、ひゞいて來る。自分は今その中を通つて、疎《まばら》な林の中をぬけて、味方の陣地の方へと歸つて來てゐる。あの時の心持を思ふと、いぢけた意氣地のないやうな氣分は爪の垢ほどもない。何も彼も張詰めてゐる。この世の中の罪惡を犯す心などはそれに比べると何でもない。何故ならば、それは死を賭してゐるからである。かう思ふと、戰爭で養はれた何《ど》うともなれといふ氣分が、盛に頭を擡《もた》げ出して來る。其處は丸で別の世界だ。喧嘩がしたければする。掠奪がしたければいくらでも出來る。支那の女が小さな足で、ちよこちよこ逃げて行く。それを追ひかけてつかまへる……。

ぐづ〳〵してゐるから人間は駄目なのだ。死を賭しさへすれば、何《ど》んなことでも出來る。出來ないと言ふものはない。と、今度はそれに對する嚴しい制裁が目覺めて來る。自分は倒さにつるし上げられる。でなければ寒中氷を割つて水風呂に入れられる。曾て聞いた銃殺の光景が眼に浮ぶ……ウテ！　バラ、バラ、バラ、バラ。標的にされた奴は忽ち倒れる。かれは其處まで考へて行つて思はずぶる〳〵と戰慄した。

女はよく寢てゐる。すや〳〵と靜かに呼吸《いき》をついてゐる。いつそ殺して一緒に死なうかと言ふやうな荒誕な殘酷な心が起つて來る。そしてそれと共に昨夜の心も魂も奪はれた大きな歡樂の光景が病的に誇張されて考へられて來る。扱帯《しごき》を取る。そしてそれを女の首の周圍《まはり》にそつと廻す。そしてぐつと緊《し》める。力限りに緊める。聲も立てず死んで行つて了《しま》ふに相違ない。さて死んだのを見すまして、今度は自分で死ぬ支度をする。ふと考へた。自分はその時になつて死ねるだらうか。死ぬつもりでゐても、その時になつたら、生きてるつもりになりやしないか。そしてこつそりと雨戸を明けて、屋根を傳はつて遁げる方法を講じはしないか。と思ふと、自分が今現にそれを實行してゐるやうな氣がする。押《おし》つめられて、行くところがなくなつて、さういふことをしてゐる自分が見える。夜は明けたばかりで、あたりは茫としてゐる。人はまだ誰も起きてゐない。自分は屋根をそつと傳はつて、庭の樹の枝に縋つて、反動を附けて塀に取り附く。まご〳〵すると、ずぶりと足の裏を刺しさうな大きな釘がそこに並んでゐる……それをも無事に下りる……一散に街道を遁げ出す……。

女はよく寢てゐる。夜着の襟に押されて、靜かにつく呼吸《いき》が苦しさうにきこえる。餘程起さうかと思つたが、よして、此方《こちら》へ寢返りを打つて、「まア、まア〵決心をするにしても明日《あした》になつてからだ。今夜は先づ寢やう、靜かに寢やう」かう思つて、かれは眠るべく骨折つた。

矢張、長い間眠られなかつた。妄想は拂つても拂つてもあとからあとへとやつて來た。殆ど際限がなかつた。

しかしいつの間にか眠つたと見える。ふと眼を明くと、雨戸の隙間はもう明るくなつて、女は靜かに障子を明けてそして廊下へ出やうとしてゐた。

一言《こと》二語《こと》話をして女が階段《はしご》を下りて行つたあとで、かれは再び深い深い熟睡の境に落ちた。

二十二

女中が入つて來たので、目を覺ましたのは、それから二三時間經つてからのことであつた。いつの間にか、雨戸はすつかり明放されて、朝日が麗《うらゝ》かに室から室へとさし込んでゐる。雀がちうちうと喜ばしさうに軒に囀《さへづ》つてゐた。

今日も好《い》い天氣だ。

がばとはね起きて、「もう、遲いのかえ?」

女中は持つて來た火を火鉢に入れながら、「さうだね。そんなに早くもないよ。さつき一度來たんだけども……餘りよく寢てたから、起さずに行つて了《しま》つたんですよ」

かれは半《なかば》起き上りながら、餉臺《ちやぶだい》の上の時計を手に取つて見た。九時五分前――「ああ九時だ」かう言つたが、睡眠不足と神經昂奮とで充血したかれの眼は、赤く爛《たゞ》れたやうになつて居た。顏にも緊張した表情が覘かれた。

九時まで寢てゐたことなどは何年にもない。かう思ふと、すぐ自分の身の上が、運命が、重荷が漲るばかりに押寄せて來た。餘り思詰《おもひつめ》たので頭が一時ぼんやりしたやうにも思はれる。かと思ふと、一方では何《ど》うにかしなければならないといふ氣が張り詰める。今日で三日目だ。あと三日經過すれば、もう逃亡だ。つかまへられれば軍法會議に廻されて重い刑に附せられるのだ……。もう遲い……。つゞいて昨夜のことが考へられる。今朝そつと出て行つたお雪のことが考へられる。見ると、茶器も座蒲團もそのまゝになつてゐる。そこに坐つたあとが依然として殘つてゐるやうに思はれる。泣いて袖を顏に當てたさまが見える。實際かうしたものが此處に自分を待受けてゐやうとは思ひもかけなかつた。脱營兵の自分を、一文なしの自分を、何方《どつち》にも行くことの出來ない窮地に陷つた自分を……。

やがて女中が運んで來た朝飯の箸をかれは取つた。その前に、かれは下に、風呂場に近いところにある洗面所に行つて、つまみ鹽で歯をみがいてそして顔を洗つた。昨日風呂の中で、「お加減は？」と外から訊いた女はお雪であつたといふことをふとかれは其時思ひ出した。顔こそ合せないが、其處で始めて五六年も逢はなかつた二つの心が逢つたのであつた。昨夜お雪はさう話した。で、かれは顔を洗つてから、お雪の姿をあちこちと目で探して見たけれども、三階にでも行つてゐると見えて、あたりにその姿は見えなかつた。かれは鹹《しほから》い汁を吸ひ、硬いボソボソとした飯を食つた。米の飯でありながら、それも咽喉《のど》に通らぬやうな氣がした。心も體もすつかり勞《つか》れて、頭がガンガンした。眼の前には黄《きいろ》い塵が日に舞つて見えた。

「お輕いね」

かう言つて、女中は濟んだ櫃をかゝえて立上つたが、ちよつと立留つて、「今日は御滯在？」

「用の都合で何《ど》うなるかわからない……。鳥渡《ちよつと》出て來なくつちやならないから」

「さう」

かう言つて、女中は靜かに下に下りて行つた。

兎に角何《ど》うかしなければならないとかれは思つた。女の熱い情を考へると、それを捨てゝ去ることは出來ない。何《ど》うしても、將來一緒になる。妻にする。自分の殘酷冷情であつた報酬から言つても、これからあのお雪を妻にして、悲しい魂を復活させてやらなければならない。それには是非あることを實行しなければならない。金をつくらなければならない……。ふと帳場の傍《そば》にある金錢を入れて置くらしい錠の下りた大きな箱が眼に映つて見えた。

滯在客を除いた他《ほか》の泊り客は、もう大抵支度をして勘定をして立つて行つたらしかつた。「御機嫌よう」「お大事に」などといふ聲が店の方から聞えた。

ちよつと出て來ると言つて置いたので、何處かに行つて來なければと思つたが、さていざとなると外出する氣にはなれなかつた。大勢人の歩いてゐる町中を、巡査なども歩いてゐる通りを、足迹を探されてゐる場所を、うかうかと歩いては行けないやうな氣がした。それに金も持つてゐなかつた。渠《かれ》は半ば喪心したやうにして、草履を突掛《つつか》けて、長い前の廊下を、通りに面した方の角の所まで歩いて行つた。

その角のところからは、車やら荷馬車やら旅客やらの混雑《ごたく》した通りを隔《へだ》て、角の大きな女郎屋から奥深く稲荷の祉に入つて行く廣い路が見えてゐた。初夏の朝日が朗に照つて、大きい華表《とりゐ》の向ふに門、その向ふに古風な祉殿、その背後《うしろ》を塗つたこんもりとした杉の森の中には、暗い綠の葉の中に新しい綠葉がくつきりと際立つて鮮かに靡いてゐるのが見えた。華表《とりゐ》の前には二三本幟《のぼり》がぱたぱたと朝の風に動いてゐた。

此方《こつち》の門前の小料理屋の前では、赤い襷をかけた女が二人立つて何か頻りに話してゐた。かれはぼんやりしてそれを見るともなく見詰めてゐた。

二十三

一片附かたづいた時分、お雪は其處にその姿を見せた。

「もう手が明いた？」

「まだ、用があるにはあるんだけども……もうさつき起きたの？」

「もう、すこしさつき飯を食つたばかりだよ。昨夜《ゆうべ》は寢られなかつたもんだから……」

「さう……」

お雪は莞爾《にこ〳〵》と嬉しさうにしてゐた。

「誰かに知れやしなかつたかえ？」

「大丈夫ですよ」

かう言つたが、「昨夜《ゆうべ》、考へたのよ……。昨夜言つたことは本當？」

かれが點頭《うなづ》いて見せると、

「吃度《きつと》本當ですね。……それなら私《わたくし》もよく考へて置くから……そしてね、貴方が除隊になる時分、其方《そちら》に行けるやうにして置くからね」

「うむ……」

「でも……貴方の父《おとつ》さんや母《おつか》さんが何とか言ふかも知れないけども……」

「大丈夫だよ。……ぐづぐづ言へば、他《わき》に出て了《しま》ふから。俺は家《うち》にゐなくつたつて好《い》い人間なんだから」

「さうですね……」嬉しさうにして「本當ですよ。今度こそうそを云ふと、一生恨んで恨みぬくから……」

「大丈夫だよ」

「その積りでね、それぢやね、來年まで私《わたし》も辛抱するから……」

かう言つたが、「何處かへ行つて來るんぢやないの?」

「うん、行つて來なくつちやならないんだけども……」

「そして、今日歸るの?」

「今日は何《ど》うだか……もう一夜泊るやうになるかも知れない」かう言つたかれは、いつそ女にだけ話して了《しま》はうかと思つた。自分の重荷を、運命を……。しかし昨夜《ゆうべ》もさう思つて打明けることが出來なかつたと同じやうに、かれはそれを深く自分の胸の中に藏《をさ》めた。尠《すくな》くともそれを話して了《しま》つては、女に話して了つては、自分の實行しなければならないある事の邪魔になるとかれは思つた。かれは一種の勇氣に似た戰慄を總身に覺えた。

それを隱すやうにして、「稻荷さまの祭禮の時は賑やかだらうね」

「正月はそれは賑やかですよ」

通の方を向いて、「そこら、一杯に店が立つてから……」

「馬市は何方《どちら》でやるんだえ?」

「馬？　馬市は」お雪は指《ゆびさ》して、「そら、華表《とりゐ》の向ふに、廣いところがあるでせう。あそこが一杯に馬市になるんですよ。それはその時は賑やかですよ。赤いんだの黃《きいろ》いんだの白いんだのいろいろな旗が立つてね……そして、私達が聞いちやわからないけれど、博勞衆達がわい〳〵つて符諜を言つてね。……それに、お參詣《まゐり》が大變ですから……」

「忙しいだらうね、其時分は？」

「それは忙しいにも何《なん》にも、何んな室でもお客が三人や四人はぎつしり詰るんですから、それは目が廻るやうですよ。」

「平常《ふだん》の緣日は？」

「五日に十日」

「その時も客が出るだらう？」

「少しは出ますけども……それはそんな忙しいほどでもない」

二人は廊下の角のところでかうして立話をしてゐたが、やがて「お雪さん！」と呼ぶ聲が下でしたので、女はそのまゝ下へ下りて行つて了《しま》つた。

其後も猶ほやゝ暫く要太郎は其處にぼんやりして立つてゐたが、ふとあることを思ひついたと言ふやうにその向ふにある階梯《はしご》のところに目を附けて、凝《じ》つと長い間それを見詰めてゐたが、そのまゝ歩を移して、ある見えざる力に引張られるやうにして、一步一步階段《はしご》を三階の方へと登つて行つた。

三階と言つても、さう大して廣いものではなかつた。廊下が矢張ぐるりと三方を廻つてゐて、六疊、八疊の間が一つ一つ並んでつくられてあつた。客は皆《みん》な立つて了つて、どの室も皆なから明《あき》になつてゐた。床の間に懸物《かけもの》がかけてあつたり置物が置いてあつたりした。ある室には、午前の日影が美しくさし込んで來てゐた。廊下の角からは前に聳えた山々に雲の白く颺《あが》つてゐるのが指さゝれた。

一間、一間見て行つた向ふの角のところに、かれはふと隅にかくれるやうになつて四疊半の一間のあるのを見た。そしてその一間の此方《こちら》の廊下の前には、三階で使ふ夜着や蒲團や枕や煙草盆や火鉢がごた〳〵と置いてあるのを見た。折れ曲つた階段《はしご》は、さつきかれの上つて來たのとは丸で別に、それを下りて行くと、丁度かれの泊つてゐる一間の傍《そば》に出て行くやうになつてゐた。

ふと、下からバケツを持つた女中が上つて來た。

「あゝ重い！」

かう言つて、女中は水の八分目滿たされたバケツを其處に置いた。それは知らない十八九の女中で、銀杏返《いてふがへし》に結《ゆ》つて、尻端折《しりはしをり》をして、下から赤い腰卷を見せてゐた。袖を後で結んで、白い兩腕を惜しげもなく出してゐた。

「三階は眺望《ながめ》が好《い》いね」

こんなことをかれは言つた。

「でもね、高くつて、掃除は厄介ですよ。水を持つて上るのが大變でね」

「それはさうだね、手傳つてやらうかね」

「手傳つて下さいよ。親切があるなら……」

かう言つて女中は笑つた。かれも笑つて見せた。

「本當に大變だな」ちよつと途絶《とだ》えて、「しかし面白いこともあるだらうね」

「何が面白いことなんかあるもんですか。夜は遲く寢るし、朝は早く起されるし、それに一日働いてさ……。夜になると、足が棒のやうになつて了《しま》ひますよ」

かう言ひながらも、じつとしてはゐずに、女中はバケツの水の中から、雜巾《ざふきん》を出して、尻を高くして、元氣よく、此方《こちら》から向ふへと廊下を拭いて行つた。

「三階の番は君かね」

「私《わたし》ばかしでもないのよ。毎日順番があるから……」

かれは女中の雜巾がけをするのを見ながら、暫く其處に立つてゐた。ふと氣が附くと、其處からは、裏の畑――風呂場の背後《うしろ》になつてゐるらしい野菜畑が見えて、そこに此家の老祖母が三歲《みつゝ》位になる子を背負《おぶ》つて、彼方此方《あちらこちら》と步いてゐた。物干には赤い白い着物や足袋がかけて干してあつた。

やがてトントンと靜かに音をさせて、かれは階梯《はしご》を下りて行つた。

かれに取つては、尠《すくな》くとも、此家《こゝ》にお雪がゐるといふことが力でもあり生命でもあり、又氣懸りでもあつた。で、午前はとう〳〵かれは一步《ひとあし》も外へ出ず、不安と懊惱と神經の動搖とある事を實行するについての妄想と、さういふもの丶中に、徒らに時間を過したが、しかし其間にも、時々はお雪の姿の髣髴を得たいと思つた。かれは厠《かはや》に行くにつけても、そこらをぶら〴〵するにつけても、其處にお雪の姿が見えやしないかと思つて目で探した。ある時はお雪が他《ほか》の女中と何か話してゐるところを發見して、その傍《そば》を通つて行つた。目と目とで話をした。ある時は風呂場の傍《そば》でお雪がせつせと働いてゐるのを見た。午飯《ひるめし》の時には、氣をきかせて、お雪が膳を運んで來た。

二十四

午後三時頃、旅舍の浴衣《ゆかた》を着た要太郎の姿が、稻荷社の門前町から、大きな華表《とりゐ》の方へ靜かに歩いて行くのが見えた。「お入んなさい、お休みなさい」といふ聲が喧《かしま》しく兩側からきこえた。

初夏の晴れた好《い》い日であつた。風といふほどの風もなかつた。午前と違つて、新綠の葉はその鮮やかさと美しさとをいくらか減じてゐたけれども、それでも空氣が澄んでゐるので、碧《あを》い空との對照が、美しく人の顏に照り榮えた。物がすべて明るく浮き出すやうに見えた。華表《とりゐ》も、門も、社殿も、兩側に並んでゐる家《うち》も、參詣に出かけて行く人達も、何も彼も……。

華表《とりゐ》を入らうとすると少し手前の右側に、茅葺《かやぶき》の、ちよつと見ると小屋のやうな家《うち》が二軒並んでゐて、其處に同じやうな婆さんが二人、稻荷のお狐樣に供へるための鷄卵《たまご》と油揚とを、頻りに參詣者に勸めてゐた。

「油揚と玉子は入りまへんかね。お狐樣に上げる油揚と玉子！」

かう言つては、人が通る度に、出て來て勸めた。

二人とも五十から六十位の婆さんで、純乎たる田舍者で、髮を後に丸く束ねて、汚れた着物を着て、繩のやうな帶を緊《し》めて、しかも二人とも競爭者であるかのやうに、「お狐さまに上げる油揚と玉子！」を連呼した。

ちよつと他《はた》から聞いてはわかり兼ねるやうなひどい田舍訛で、「お狐さまな、な、油揚を上げなると、えらう喜ばつしやるでな、きつと御利益《ごりやく》のうあるで、な、な、一杯、買つて上げつしやい。」と、かう言つて二人は參詣者の袂を取らぬばかりにした。

「一籠十錢！　一籠十錢！」

かう呼ぶ聲が遠くから聞えた。

さうかと言つて、この婆樣《ばあさん》達は、油揚と玉子ばかりを賣つてゐるのではなかつた。店にはいろいろな煮《に》染《しめ》だの、鯣《するめ》だの、芋子《いものこ》だのが皿に盛つて並べて置いてあつて、一寸《ちよつと》休んで一杯飮めるやうにもしてあるのであつた。そして祭禮の時は、この狹い小屋が田舍の百姓の爺《おやぢ》や婆《ばゝあ》で一杯になつた。從つて稻荷の婆さんと言へば、土地でも誰知らぬものはなく、昔から金の儲かる好《い》い株になつてゐて、婆さんが死ぬと、その位置は、町の婆さん達の大きな競爭の的《まと》になるのが常であつた。そしてこの慣習はかなりに古い昔からつゞいて來てゐた。狐に供へる油揚を賣るその婆さん達と言へば、その大きな流行神の稻荷での一つのカラアにまでなつてゐた。

要太郎が通ると、婆さん達は油揚と玉子の入つた籠を競《きそ》つて持つて出て來て、わからないひどい田舎訛の言葉を霰《あられ》のやうにかれに浴せかけた。

「御利益があるでな、な、一つ買はしやれ！　上げなされ！」

「お狐様が喜ばつしやるで、な、な、」

一人の婆さんは、執念《しふね》くかれに絡《からま》り着いて勸めた。

「一籠十錢！　一籠十錢！　お賽錢《さいせん》を上げたと思はつしやれ！」

一文も金といふものを持つてゐないのにも拘はらず、要太郎はその一人の婆さまの勸める油揚と玉子の入つてゐる籠を無理やりに持たせられた。

しかしかれはぼんやりしてゐた。一面には何《ど》うともなれ！　と言ふやうな心持が首を擡《もた》げてゐた。で、かれは平氣で、押つけられた一つの籠を取つて、それを手に持つて、大きな華表《とりゐ》の中へと入つて行つた、「歸りに寄らつしやれ」後からからういふ婆さんの聲がきこえた。

小さな籠を持つて一歩一歩社殿の前の門の方へ歩いて行く要太郎の姿は、午後の日影の明るい中にくつきりと見えてゐた。あたりにはさう澤山參詣者はなかつた。田舍の爺婆が一人二人歩いてゐるばかりであつた。廣い廣場には新緑が美しく靡いて光つた。

大きな門――それは古風な典雅な建築で、何でも七八百年をそのまゝ經過したといふので有名であつた。要太郎の姿は、やがてその門のところに見えた。かれは籠を持つたまゝそこに立留つて、梁を見たり長押《なげし》を見たり彫刻を見たりしてゐた。しかし、かれはそれを注意して、又は興味を持つて見てゐるといふのではなかつた。渠《かれ》は唯ぼんやりとして立つてゐた。かれの眼は心は、外部よりもかれの內部に向つて鋭く開かれてゐた。

籠を供へるところは、丁度社殿の裏の方になつてゐた。そこには十八九の少年が袴を穿いて、それを供へる參詣者の來るのを待つて、一々奧の神前に供へるべくそれを受取つた。要太郎も其處で籠を渡した。

それからかれは大きな社殿の方に步いて來た。かれは別に神に祈念するでもなく、そこにかゝつてゐる大きな鈴を鳴らすでもなく、唯じつと喪心したものゝやうに四邊《あたり》を眺めて立つてゐた。その間にも、參詣者が二三人來ては鈴を鳴らして行つた。

要太郎の姿は、其處に立つたまゝ、暫く動かなかつた。お詣りして歸つて行く參詣者も其處を通つて行く神官の白衣姿も、庭に綺麗な箒の目を立てゝ掃除してゐる爺さんの姿も、何も彼も全くかれの眼には映らぬやうに見えた。始めはかれは立つてゐたが、暫くすると蹲踞《しやが》んだ。そして又同じやうにじつとしてゐた。

參詣者の鳴らす鈴の音が絕えず聞えた。

しかし三十分ほど經つた後には、かれの姿は、今度は門の中を通らずに、その傍の廣場に添つて、ぶらり〳〵步いて戾つて來るのが見えた。旅舍の浴衣《ゆかた》の袖と裾とが靜かに動いた。

華表《とりゐ》を出ると、

「お歸り、お歸り、休まつしやれ、休まつしやれ！」

かう言つて、さつきの婆さまがそのまゝかれを其店に引張り込んだ。

かれは婆さまの言ふなりにして、その小さな店の中にある古い長い腰掛に腰をやすめた。

「好《い》い天氣だな、もし……御參詣には何よりだな、もし」

かう言つて丸い小さな火鉢を其處に持つて來た。

かれは昨日巻煙草の最後の一本を吸つてから、全く煙草を吸はなかつた。で、「煙草はあるかえ」と言つたが、無いと言ふので、づか〳〵立つて行つて、「一服、おさき煙草だ」かう平氣で言つて、婆さまの吸つてゐる煙管《きせる》と煙草とを持つて來て、それを一服つめて旨《うま》さうに鼻から出して吸つた。つゞけてもう一服吸つた。

かれは四邊《あたり》を眴《みまは》してゐたが、其處に並んでゐる德利と、皿に盛つてある煮染とに眼を付けると、もう堪らなくなつたと言ふやうに、

「お婆さん、酒があるな！」

「一本つけやすか、へえ、かしこまりやした」

婆さんが後向きになつて、大きな壺から片口にゴト〳〵音をさせて酒を出してゐるのが此方《こちら》から聞えた。その音が要太郎には何とも言へぬ快よさを與へた。やがて婆さんはそれを燗德利に移したらしく、傍《そば》に置いてある古風な茶釜の蓋を取ると、湯氣がぱつと白く薄暗い家の空氣の中に颺《あが》つた。燗德利を入れる氣勢がつゞいてした。

「お菜は何にすべかな」

「何があるな」

「鯣《するめ》に、燒豆腐に、芋位なもんだ」

「鯣と燒豆腐くれや」

暫らくして、小さな盆に德利と盃と鯣を入れた皿とを載《の》せて、箸を添へて持つて來た婆さんは、

「お前さん、兵隊さんかね？」

「何《ど》うして？」

要太郎はぎよつとした。

「さうだべ？」

「………」

「俺の眼で見れや間違ひこはないだからな、えらかんべや」笑つて見せて、「だつて、すぐわからアな、頭んところ、黑く白く筋がついてゐらアな。胸がしやんと張つてゐらアな。兵隊さんツて言ふことは一目でわかるアな」

「さうかな」

かう言つてかれはいくらか安心したやうにして、手酌で酒を盃に注《つ》いで、そしてグッと飮んだ。アルコオル性の强い刺戟が體と心とに染みるやうな氣がした。

「相馬屋かな。宿は――？」

婆さんは又笑ひながら訊いた。かれは點頭《うなつ》きながらまた一杯ぐつと飮干した。動搖し、痲痺し、混亂した頭がいくらか恢復して、萎《な》えた勇氣が次第に頭を擡《もた》げて來た。

「相馬屋はいゝ宿だな」

「さうだな」

「何《ど》うしても古いだで……昔からある宿だべ。俺《おら》が祖母《ばア》さまの時代からあるだで、な、親切だな」

かれは何の彼のと言ひかける婆さまは相手にせずに、一杯二杯と盃を重ねた。段々體がほてつて來た。熱い熾《さかん》な血が脈から脈を流るるやうな氣がした。折々參詣者が通る度に、婆さんは例の籠を持つて、「油揚と玉子」を連發して、その傍《かたはら》について行つた。隣の婆さんも負けぬ氣になつて參詣者に縋《すが》り附いて行つた。

「婆さん、もう一本呉れや」

「お代りかや」

かう言つて、婆さんは更に準備《したく》して置いた別の徳利を茶釜に入れた。要太郎はどす赤い顏をして、鋭い目附をあたりに放つて、そッとぬすむやうにして、皿の中の燒豆腐を挾んで口に入れた。

「兵隊さん、今日來たんけ」

「いゝや」

婆さんは又話し懸けた。

「お暇でも貰つて來たんけ？　さうけえ？　辛いてッてな、兵隊さんは？　俺が甥が今一人行つてるが、來る度に、雑巾掛が辛いつてこぼして行くだよ。あんじよさうしたことをするか、同じ人間だアにツて言ふこんだがな。これもな、規則だツて言へばしようがねえがな」

「何アに辛いツて言ふこともねえけど……」わざと落附いた調子で要太郎は言つた。

「戦爭さ、行つたけ?」

「行つた」

「えらかつたんべな。玉ア來るツてな、頭の上さアへ……」

「それは來るとも……」

「おつかなかんべな。生きた空はあんめいな」考へて、「俺が出た村で、騎兵でな、林淸太郎ツて言ふんが、戰死したがな。知らねえかよ」

「知らねえ」

「大勢ゐんべからな」

二度目に持つて來た德利を空にする頃には、かれの體には、もうかなりにアルコール性の持つた力が溢れて來てゐた。顏も、胸のところもわるく赤く、眼は鋭くあたりを見廻した。「さうだ。それより他《ほか》に路はない。自分の出て行く路はない。さうだ。勇氣を皷してそれを實行するに越したことはない。戰爭に行つて、斥候に出たと思へば、こんなことは何でもない。盜むとか何とか言ふなら、ドヂを組むと發見される恐れがあるけれど、さうすれば知れつこはない。さうして金を得る……その金さへあれば、何《ど》んなにでもして逃げられる。ちやんとお雪に打合せをして置いて逃げられる。そして人の知らないところに行つて、名を更へて了ふ。分りつこはない。お雪だツて、何もこの近所にまご〳〵してゐなくつても好《い》いんだ。……さうだ、それに限る。よし、屹度《きつと》實行しやう」かれはキツと一ところを見詰めるやうにした。

で、最後の一杯を、深く物を考へるやうにして飮み終つたが、急に、かれは懷《ふところ》だの三尺帶の間だのをさがし始めた。袖のない袂のところへも手をやつた。

「おや――」

婆さんは此方《こつち》を見てゐた。

「おや――」立上つて、周圍《まはり》を見廻したり何かした。

「何《ど》うしたな？」

かれは首を傾《かし》げて、「おや、忘れて置いて來ちやつたかな。持つて來たと思つたがな。」かう言つて、「落ちるわけはないが――」

「何んだな？」

「財布だがね……確かに持つて來たと思つたんだが、……さては忘れて來たと見えるな。さうだ、床の間に置いて來ちやつたかも知れねえ。」わざと笑つて、「大變だ、勘定が出來ねえ」

「そこらへ落したんぢやねえけ？」

「落すわけがねえ」念の爲めといふやうに、もう一度そのあたりを見廻して、「困つたな」

「何アに、宿がわかつてゐるで、好《い》いやな」

「さうだな、氣の毒だな。これア、えらい恥かきだ。ぢや、すぐ屆けてよこすからな。たしかと持つて來たと思ふんだがな」もう一遍さがして見て、「矢張、忘れて來たんだ。」ちよつと考へて、「それでいくらだな勘定は？」

「酒が二本に、鰑《するめ》に燒豆腐……それに油揚」婆さんは胸算用をして、「四十二錢になるべ」

「それぢや、すぐ屆けるから、……それに、まだ今日は一日泊つてゐるで……。本當にえらい恥かきをした」

かう言つて平氣でかれは其處を出て行つた。

此方《こつち》から行く參詣者に「油揚に玉子、お狐さまに上げる油揚……」と勸める婆さんの聲が後でした。

二十五

自分の運命――ゆくりなく陷つて行つた不思議な重苦しい辛い自分の運命を愈々切り開かなければならない時期が到達したことをかれは思つた。風呂に入つてゐる間にも厠《かはや》に行つてゐる間にも、廊下に立つて今日もまた靜かに穩かに暮れて行く夕日の山々を眺めた時にも、鳥渡《ちよつと》の間を得てお雪と話してゐる間にもその運命が絶えず體と心とに執念《しふね》く絡み着いてゐて、それを決行して了《しま》はない中は、飯も碌に咽喉《のど》に通らず、話も落付いてしては居られず、すぐ其方に頭が引張られて行つて、自分で自分の體が自由にならないやうな氣がした。自分ながら何《ど》うしてかう突詰めたか、何うしてその恐ろしいある物に捉《とら》へられたか、何うしてその決行といふことに引張られて行つたか、自分でも自分がわからなかつた。をり〳〵かれは立留つて、その決行當時の光景を頭に浮べるやうにした。それに、帳場の隣にある金の入つてゐる箱が、何處に行つても――店頭《みせさき》に入つて來た時は勿論、室にゐても、廊下にゐても、誰かと話してゐても、衝動的にすぐかれの眼から頭へと映つて行つた。人々の騒ぐ中に、それを取出してゐる自分が、手傳ふ振りをしてそれを表へ持ち出してゐる自分が、紙幣《さつ》やら銀貨やらを取出してゐる自分が歴々《ありあり》と眼に見えた。

時には、豫《あらかじ》めその目的物を更に正確に見て置かなければならないと思つて、素知らぬ振りをして、一度ならず二度までもその店先に下りて行つた。古い帳場、算盤《そろばん》、大福帳、老婆の姿、その白髪の老婆が何故かかれの氣にかゝつた。帳場の隣にある金庫に似た箱、大きな錠のかゝつた箱、その上のところには大きな廣告の美人畫が下げてあつた。主人と番頭とは何か其處で頻りに物勘定をしてゐた。二度目に下りて行つた時には、丁度其處に客が二三人入つて來て、「入らつしやい」と言つて、人達は其方《そつち》に氣をとられてゐた。で、ぼんやり立つて見てゐると、其處にゐた一人の女中が、「お出かけ」かう言つてかれの傍《そば》に寄つて來た。「いや、ちよつと湯を持つて來て貰ひたいと思つて……」かう言つてかれはごまかした。

室やら、庭やら、裏の方やらをもつと見て置かなければならないと思つたかれは、二階三階の廊下をぐるぐる歩いた。しかも成《な》るたけ人目に觸れることを恐れて、客がゐたり婢《をんな》がゐたりするところは急いで何か用事でもあるやうにして通つた。庭から下駄を穿いて向ふに行つた時には、木戸を明けて裏の畑の方まで行つた。廊下から裏へと出て行く扉のあることをもかれは見て置いた。

野菜畑の向ふには井戸があつて、そこで體の大きな下男が喞筒仕懸《ぽんぷじかけ》の奴でせつせと風呂に水を入れてゐるのを見た。もう火を燃《た》きつけたと見えて、青く白い烟《けむり》が屋根の上の烟突から細々と颺《あが》つてゐた。その向ふでは、家《うち》の男の兒らしい十二三の少年と七八歳の女の兒とが遊んでゐた。奥の簞笥の置いてある方も見たいと思つたけれど、流石《さすが》に人目が繁くて、其處まで入つては行けなかつた。でも、其處の一部の見える廊下と店との間のところへは、かれは度々其姿を見せた。

お雪とはまた廊下でちよつとこんな話をした。

「歸つたら、屹度《きつと》手紙はちよいちよい下さいよ」

「あゝ」

「本當ですよ、でないと、心細くなつて了《しま》ひますから」

「あゝ」

かう言つて、「今日はいそがしいかえ?」

「さう忙しくもない……でもね」お雪は急に聲を低くして、「昨夜《ゆうべ》は變に思はれてね」

「何うして?」

「はつきりとはわかりやしなかつたけれどね、寢たと思つた女中が起きてゐて、知つててね。」

「何う?」

「お雪さん、來たのは今朝だツたね、なんて言はれちやつた」

「でも、本當には知れやしないんだらう?」

「それや、わかりやしないけどもね」かう言つて、「でも、今日も種々《いろ〳〵》考へたのよ。……とても一緒にはなれないかと思つて、……一緒になつても好《い》いんだかわるいんだかわからなくなつちやつた」

「大丈夫だよ」

其處に人の來る氣勢《けはひ》がしたので、慌ただしくかれ等は別れた。

かれは室の中にゐることを恐れた。何故かと言へば、それは其處に昔の生活と昔の記憶とがいつも蘇つてかれを威嚇するからであつた。脫いで長押《なげし》にかけたまゝになつてゐる軍帽と軍服と劍、それが一番先にかれの眼に着いた。かれの踏込んで來た最初の一步は其處にあつた。淺瀨から段々深い淵に入つて行くかれの罪惡は其處にあつた。今ではもう其處から脫け出すことが出來なくなつてゐたが――脫け出さうとしても脫け出せなくなつてゐたが、それでもそれを見ると、一昨夜からのことが一つ一つ眼の前に浮んで來て、堪へ難く心を不愉快にした。不安と恐怖とがすぐかれを襲つて來た。

また日が暮れて行くのであつた。三日目の日が、人間の世の中にかういふ不安と罪惡とがあるのを少しも知らないやうな日が、穩かな靜かな日が、荷車の音と馬車の喇叭の音と美しい山々の深い碧《みどり》とを背景にした田舍の日が。

かれはじつとそれを眺めながら、廊下の角のところに立つてゐた。理由なしに、淚がこぼれて來た。自分を可愛がつて吳れた老いた祖母の皺くちやな顏が見えた。家出をした時の朝のやうに泣いて泣いて泣き崩《くづ》折れたくなつた。

二十六

女の下りて行く氣勢《けはひ》がした。

その足音は折れ曲つた階梯《はしご》を下りて、靜かに靜かに向ふへと行つた。もう聞えなくなつたと思ふ頃でも、まだそれがはつきりきこえてゐるやうな氣がして、かれは床の中に半ば身を起して、耳を聳《そばだ》てた。

女が女中室にこつそり寢に入つて行くさまがあり〳〵と見えた。深夜の寂寞は旣に一面にあたりを領して、少し吹き始めたらしい風の外は何の音もきこえなかつた。かれは續けて耳を聳てた。

キウキウといふ音がした。久しい間、かれはそれが何だかわからなかつた。樹の庇に觸れるやうな音でもあり、また誰か寢呼吸《ねいき》を立てゝゐるやうな音でもあつた。かれは暫しそれに耳を傾《かたぶ》けた。しかし、それは自分のある事を決行するに就いての何等の障礙でないといふことを判斷して、かれはつとめて心を平靜にしやうとした。かれは枕元の時計を見た。

二時半を少し過ぎてゐた。

兎に角皆《みん》な寢靜まつて了《しま》ふまで待たなければならないと思つた。今歸つて行つた女の寢靜まるのも……

しかし都合は好《い》いと思つた。今夜は三階には、客が一人向ふの遠い方の室にゐるばかりであつた。二階には三組ほどゐるが、それとて邪魔にはならなかつた。首尾よく行けば、三階に一人ゐるあの客に罪をなすつて了《しま》ふことが出來るかも知れなかつた。それにかれの選んだ場所の隣りには寢道具やら煙草盆やら火鉢やらが置いてあつた。さういふ所から起つたやうに人に思はせることも出來た。

かれは蒲團の上に身を起して、その前に置いてある時計の針を眺めた。もう廿分過ぎた。あと十分經つたら、疲れてゐるので女も大抵寢て了《しま》ふであらう。ふとかれは薄暗くついたランプの石油の壺のところに眼をやつた。石油は十分にある。大丈夫だと思つた。

又五分經つた。

かれは又耳を聳てゝ見た。キウ〳〵といふ音はまだしてゐるけれども、他《ほか》には何の音響もなかつた。事に臨んで案外冷靜であるかれの性質《もちまへ》の冷靜が、力強くかれの全身に漲つて來た。かれは一種の力強さを感じた。戰爭で斥候の任務を帶びて、深夜敵の中に入つて行つた時のことなどが思ひ出された。「決行」かう思つてかれは立上つた。

先づマッチを懷に入れて、それからランプをフッと吹き消した。と、あたりは闇になつたが、眼を定めて見ると、二間三間隔てた客のゐる間についたランプの光が微かにそこに來てゐるので、さう眞暗な闇といふほどではなかつた。かれは消したランプの笠を外し、半分位殘つてゐる石油の入つた壺だけを持つて、そしてすつくと立上つて、三階の階級《はしご》の方へ出て行く隅の障子をそッと細目に明けた。

ソツと身を外へ出した。

音のしないやうに、あたりが軋まないやうに、拔足して、一歩々々三階へ登る階級《はしご》の下のところへと行つた。そこは何處からも灯《あかり》が來てゐないので、眞暗であつた。かれは却つてそれを心安く思つた。かれは手さぐりで、階級《はしご》を上つて、上りきると其のまゝ右の室に入つた。

南の隅の一間に客が一人ゐる筈である。それに知れてはと思つて、かれは屹立耳《きつたてみゝ》をして暫じつとしてゐた。しかしあたりはしんとしてゐる。些の物音もない。それに此室は、壁の陰になつてゐるので、南の一間から來る灯《あかり》の光も見えない。かれは猶ほ闇の中に立盡した。自分の今犯さうとしてゐる罪惡を反省する心と、躊躇逡巡する態度を罵る心とが兩方から強く押寄せて巴渦《うづ》を巻いた。かれは自己の體も精神も顚倒して了《しま》ふやうな氣がした。しかしそれも瞬間であつた。かれは思ひ切つて、手に持つたランプの壺の石油を半ば疊の上に明けて、そつとマッチをすつた。光線が蒼白い昂奮したかれの顔を照した。

二本目にすつたマッチの火は忽ちこぼした石油へと移つて、見る〳〵蛇の這ふやうに一面に燃えひろがつた。闇は急に明るくなる。障子の棧の目や、半間の床の間や、ちがひ棚や、さういふものが浮出すやうにはつきりと見える。かれは急に不安になり出した。かれはいきなり石油の半分殘つたランプの壺を火の上にひつくりかへすとそのまゝ、急いで元來た階級《はしご》を下へと下りた。

自分の室に入りかけて、また思ひ返して、かれはもう一度階級《はしご》のところに行つて上を仰いで見た。上は一面に明るくなつてゐる。火は障子に燃えついたらしい。

再び自分の室に入つたかれは、そのまゝ床の中に入つて、夜着を頭から冠つた。じつとしてゐた。

胸がドキドキした。實行したその時よりも却つて今の方が精神が戰慄するやうなさまを感じた。じつとしてゐられないのを強《しひ》てじつとしてゐなければならない苦痛をかれは渾身に覺えた。

三階では盛に火が燃えてゐるらしい。三階の階級《はしご》からかけて此方《こつち》の方の障子も明るく照されて見えてゐる。しかしまだ誰も騷ぐものがない。皆んな知らずに眠つてゐるらしい。三階に一人ゐる客も知らぬらしい。「もう大丈夫だ。あのランプの壺も燒けて了《しま》ふ。あとに罪跡の何者をも殘さない。大丈夫だ、もう大丈夫だ」かう思つたかれは、人が騷ぎ出したら、適宜に下に下りて行つて、その計畫を成功させなければならないと續いて思つた。

「火事だ、火事だ！」

といふ聲が戶外《おもて》からきこえた。

つゞいて戶を明ける音がする。「火事だ、火事だ！」といふ聲がする。近所が俄かに騷がしくなる。戶を明けたり閉めたりする氣勢《けはひ》がする。內よりも却つて戶外《おもて》の方に急にがやがやと騷ぐ音がした。しかしこれも暫くの間だ。今は內でも起きたらしく、「大變だ、大變だ、三階だ？」と言ふ聲がする。ばたばたと大勢驅けて上つて來る音がする。聲を限りに叫ぶ聲、つゞいて水を呼ぶ聲、中には女の金切聲で何か言ふのも雜《まじ》つてきこえた。

急に三階から向ふの階級《はしご》を慌てゝ客の下りて行く氣勢《けはひ》がした。もう長押《なげし》から、天井、屋根へと火は燃えて行つたらしかつた。晝のやうに明るくなつた光線と共に、かれは次第に火の烟の咽《むせ》るやうに室内に入つて來るのを覺えた。かれは急いで起上つた。そして、始めてそれと知つて慌てたもののゝやうに、わざとけたゝましく音を立てゝ一階の折れ曲つた階級《はしご》を下へと下りて行つた。

「もう、駄目だ！」

大童《おほわらは》になつて向ふから駈けて來た番頭が言つた。

「駄目か？　もう……」

狼狽した主人は、寢卷きのだらしない風をしてすれ違つて行つた。

半鐘が深夜の眠を驚かして、けたゝましく鳴り始めた。

誰も彼れも皆んな起きて、ぶる〱身を戰《ふる》はして慌て廻つてゐるのをかれは見た。女中も番頭も下男も、何も手がつかないで、うろ〱してゐる。氣丈な婆さんは、きよと〱としてあたりを見廻してゐる。「提灯《ちやうちん》、提灯！　何より先に提灯！」かう言はれて、女中の一人は、長押から高張提灯を下したには下したが、手足も齒の根もガタ〲と震へて、一つの蠟燭を點火するにすら容易でなかつた。急いで、大童になつて下りて來た主人は、「駄目だ、もう駄目だ。出せるだけ荷物を出せ！」かう大きな聲で怒鳴つた。

町は既に騷ぎ出してゐた。俄かに半鐘の音に深い眠をさまされた近所の大勢の人達は、群を成して通りに集つて來てゐた。今しも、三階の屋根に抜け出した凄《すさま》じい紅い焰は、怪物が舌を出したかのやうに高く高く燃え上つて見られた。黄《きいろ》い赤い褐色の烟が燃える火を包んで、稲荷の社の門前町を晝のやうに明るくした。

風がいくらかあるので、火と火焰と烟とは、裏の方へ方へと靡いて行く。大きい小さい火の子は、無數の螢火を散らしたやうに盛に空に舞ひ上る。町にある半鐘といふ半鐘は、すべて凄《すさま》じく鳴りわたる。近所の家々の慌てふためく氣勢《けはひ》、水を連呼する聲、群集のわい〳〵騒ぐ聲、さういふものがあたりに凄じく漲り渡つて聞えた。

「おい、退《ど》け、退け！」かう言つて提灯を振り翳《かざ》して、群集の中をわけて相馬屋の店先に入つて行つたのは、こゝの分家で、停車場に店を出してゐる主人の弟とその二三の番頭とであつた。入つて行つた弟の眼は、此處の主人と番頭とが慌てふためいてまご〳〵してゐる傍《そば》に、浴衣《ゆかた》を着た客らしい男が立つてじろ〳〵とあたりを見廻してゐるのが映つた。弟は怒鳴つた。「兄貴、早く肝心なものを出さんといかんぜ」

「ヤ、來て吳れたか。賴むぞ、一番先に、此處だ」

かう言つて、主人は帳場の傍《そば》の三尺の押入の方を指《ゆびさ》した。「よし、よし」弟と番頭とは、それを明けにかゝつたが、此時、傍《そば》に立つて見てゐた要太郎は、「何《ど》れ、俺も手傳つてやらう」かう言つて急いでその傍《そば》へと近寄つて行つた。

その押入の中には、小さな用簞笥やら、錠のかゝつた大きな金箱やら、必要なものゝ入れられた大きな箱などが入つてゐた。弟は一番先に用箪笥を出して、つぎに金箱を出したが、「兄貴、お前さんは何にも出さんでも好《よ》いから、肝心なものを置いたところに、ちやんとついてゐなくちやいかん……」

「よし、よし」

主人はかう言つて、金箱と用箪笥とを運び出す番頭達のあとについて行つた。要太郎は其方《そつち》の方にちよつとついて行つたが、すぐ引返して、さも頼りになる手傳人のやうに、「出すものはあるなら、言へ、出してやるから」と叫んだ。

主人の弟の眼には、見知らない蒼白い眼の鋭い顔が映つたけれど、さうした親切な手傳人を疑《うたぐ》つて見るやうな餘裕もなかつたらしく、そこに葛籠《つゞら》や行李《かうり》を出すと、その男はそのまゝそれを表の方へ運んで行つた。

さうかうしてゐる中に、町の彼方此方《あちこち》から、不時の災難に援助に向つた人達が、大勢店の中へと入つて來た。奥からも、箪笥や長持や鏡臺や葛籠や、さういふものが頻りに運び出される。婆さんと子供達と女達は、危ないと言つて、既に餘程前に表と裏の方へ避難させられたが、主人と上さんとは、それでも家具の搬出の差圖をしなければならないので、奥と店との間を往來して頻りに手傳ひに來た人達に聲を懸けた。かと思ふと、不意に肝心なものを思ひ出したやうに、「あの箪笥！　あの箪笥も出さなけりや！」かう言つて上さんは奥に驅けて行つた。

要太郎はうろ〳〵と彼方《あつち》へ行つたり此方《こつち》へ行つたりした。二三度金箱、用箪笥のある處へ行つて見たが、其處には番頭が一人嚴重に番をしてゐて、容易にその鍵を破つたり何かする隙もなかつた。一度はそツとその後へも廻つて見たが、それでも何《ど》うすることも出來なかつた。で、引返して今度は奥から運び出して來る道具類に眼を附けながら、手傳の人々の群に交つて、自分もその一人であるかのやうに見せかけつゝ、奥の方へと入つて行つた。晝間、好加減《よいかげん》に研究はして置いたものゝ、かう混雜した狀態の中に入つては、流石《さすが》のかれも何《ど》うすることも出來なかつた。生《なま》中《なか》なものに目を呉れて、自分の犯した罪惡を疑はれはしないかといふ懸念もかれの敏活な行動の邪魔をした。

此時には、火は既に三階から二階へと凄じく燃え移つて、折り廻した雨戸が烟と火とに包まれてメリ〳〵燒け落ちて行くのが大通から手に取るやうに見えた。二階の欄干のところにある大きな梧桐《あをぎり》の葉の燒け爛《たゞ》れたのも火を透《すか》してそれと指さゝれた。町のポンプは、此時既に、二臺、三臺までやつて來て、一臺は女郎屋の井戸に、一臺は門前の料理屋の井戸にそれを仕かけて、ヅックの太い丸い管から水が高く高く逬出《へいしゆつ》して行つてゐたが、その二本の管の水位では、燃えさかる火は何うすることも出來ないやうに見えた。隣近所、わけても風下にある家《うち》の屋根には、消防に上つてゐる人々の姿が黑く浮き出すやうに見えて、近いところには、火の子の散亂し、黑烟の渦《うづま》く中に、消防の纒《まとひ》の不動の態度を示して立つてゐるのがそれとはつきり指さゝれた。

「もう、一臺、東にかけろ！　まご〳〵すると、隣へ移るぞ！」

かういふ命令の下に、今しも其處に到着したポンプの一臺は、向側に行つて、細い巷路《ろぢ》の中に井戸を發見して、瞬く間にそれを仕かけたが、そのヅックの水管からは、やがて水が迸《ほとばし》るやうに風下の火焰の方へと向つて注《そゝ》がれて行くのが見られた。

「旨《うま》い、旨い」

かう消防の指揮官は言つた。

遮るものなき平野の町の深夜の火事は、二三里の周圍の人達の夢を驚かしたに相違なかつた。或は山裾のさびしい村、或は海岸に近い靜かな田舍、或は街道に添つた二三軒の家屋、昨日かれの通つて來た桶屋のある町あたりでも、皆な寢惚《ねぼ》け眼《まなこ》をこすりながら雨戸を明けて見て、乃至《ないし》は街道へ出て見て、「T町は火事だ」などゝ言つてゐたに相違なかつた。或はこの西の山奧の半腹にある大きな溫泉宿からもこの夜の火事がはつきりと指さゝれてゐたかも知れなかつた。町に近いところに住んでゐる人達は、「稻荷さんぢやねえかな。見ろよ、あの黑く見えてゐるのが、お稻荷さんの森だんべ。……お稻荷さんでねえにしても、あの門前にちがひねえな。……あそこは、小料理屋があつて、だるまなんかゐるとこだで、粗相でもしたんだんべ」かう言つて、明るい火を仰いで噂した。

丁度其時、通つて行つた夜行の汽車の窓からは、さもさもめづらしい見物《みもの》だと言はぬばかりに、睡眠に落ちてゐるものも、眠りからさめて、皆な右の窓から顏を出して、すぐ近くにある黑い杉森を隔てた火事を眺めた。火は盛に燃え上つた。火焰のをりをり渦《うづま》き上るのもはつきりと見えた。「近いな、すぐそこだ」かう言ふものもあれば、「かなり大きな家《うち》だと見える。中々よく燃える」

など〻言ふものもあつた。停車場には、驛員が灯《あかり》の下で依然として平氣で事務を執《と》つてゐたけれど、それでもあたりは何となく騷々しかつた。停車場の前を大勢人が駈けて行つたりした。乘客の一人が車掌を捉《つかま》へてそれを訊《き》くと、「稻荷の前の旅籠屋《はたごや》ださうです」と敎へた。夜行の汽車はやがて出て行つた。汽車の進むにつれて、その火は次第に遠く〳〵なつて行つた。「火事はやけ太りツて言ふが、さうばかりでもねえだ。火事のために散々《さんざん》になつたものもあるだでな」など〻同情したらしい口吻で或る乘客は言つたりした。それも次の驛に來た時分には天末《てんばつ》がぽつと赤くなつてゐる位で、誰の頭からも旣にその火事の印象は薄らぎつ〻あつた。乘客達は時計を見たりして、再び睡《ねむ》る仕度をした。

稻荷の境内にも、種々《いろく》な人々が集つてその火事を見てゐた。火の反射の光で、廣場も、樓門も、社殿も、社務所も一面に晝のやうに明るかつた。祭禮の夜でもあるかのやうに、人がぞろ〳〵と通つた。社殿の前のところには、宮司《ぐうじ》や禰宜《ねぎ》やその家族などが見てゐた。「相馬屋は古い家《うち》だがな、何《ど》うして火事なんか出したかな。粗相かな。あそこは評判が好《い》い家《うち》だから、他人《ひと》から恨みを買ふやうなことはない筈だが……。それに、百年以來ある家《うち》だ。惜しいことをした」から年を取つた禰宜《ねぎ》は言つた。

晝間要太郎に酒を飮ませた油揚を賣る婆さんも其前に出て見てゐた。その皺くちやな顏が赤く火に照されてゐた。「昨夜《ゆうべ》とりに行けや好《よ》かつた。あの兵隊も燒け出されて困つてゐべ」など〻思ひながら、じつと立つてその二階の燒け落ちるのを見てゐた。そこにもう一人の方の婆さんがやつて來た。

「何年ッて、火事アなかつたに……」

「ほんだ……」

「えらい騷ぎだ」

「相馬屋の婆さまも困んべ」

などゝ噂した。

門前では何處の家でも、前に高張の提灯がかゝげられてない家はなかつた。見舞の人々は、家から家へと歩いて行つた。肩と肩とがすれるやうに人々が群集した。通りには、ポンプのヅック管から洩れた水が其處此處に流れて、雨上りか何ぞのやうに路がぐちやくした。「でも、下火になつた。やつぱりポンプは豪《えら》いな。あれが來てから、ぐつと火が弱くなつた。これぢや、まア、二三軒ですみさうだ」こんな話をしてゐるものもあつた。「俺ア、又、何《ど》うすべと思つた。火事だ！　ツ言ふんで起きて見ると、相馬屋の三階から火がぽんくふき出してゐるぢやねえかね。うつたまげたにも何にも……」

「何《ど》うしてまア、三階なんかから出たかな」

「女中か何かの粗相だべな」

かういふ會話が其處此處で取交される時分は、火はもうすつかり下火になつて、三階、二階、それから下へとすつかり燒け落ちて、その裏につゞく二三軒の家の半《なかば》は燒けて烟と餘焰との中に立つてゐるのが見えた。大黑柱は眞赤になつて、まだ倒れずに半《なかば》はそこに立つて燃えてゐた。巡査が劍を鳴して彼方《あつち》へ行つたり此方《こつち》へ來たりした。一臺のポンプ管からは、未《いま》だに水が餘焰に向つて勢よく迸出してゐた。

「傍《そば》に寄るんぢやない。そばに寄るんぢやない」

かう言つて、巡査は近づいて來る人々を制した。

もう午前四時を時計は過ぎてゐた。鎭火の半鐘がところ〴〵で鳴つた頃には、明けの明星が既にきら〳〵と黎明近い東の空に輝いてゐた。

二十七

朝が來た。

靜かな晴れた朝だ。昨夜《ゆうべ》の騷ぎは、あの凄じい火災は、あれは夢であつたかと思はれるばかりであつた。雨上りのやうにグチヤ〳〵した通りには、人はまだ大勢通つてゐたけれども、一珍事、一現象に向けられた興味が、既に大半は人々の頭から離れて去つたかのやうに、または町の事件がいつか一家の事件に移つて行つたものゝやうに、別に狼狽《あわて》たり驚いたりするやうな樣子もなく、靜かに、落附いて、唯單に一現象の跡を見るといふやうにして歩いてゐた。燒跡には燒け落ちた柱やら長押《なげし》やら梁やらが縱横に散亂して、黑くなつて、まだぶすぶすと燻《くすぶ》つてゐた。大きな大黑柱は、半分ほど殘つて立つてゐた。

薄白い乃至《ないし》は灰色をした烟がうつすりと朝の明るい光線を受けて、一ところは焦茶《こげちや》のやうな色をあたりに漲らせた。そしてそれを透《すか》して、昨夜騒いだ人達が尻端折《しりはしをり》をしたり鉢巻をしたりして運び出した家具の周圍《まはり》を歩いてゐるのが見えた。庭であつたあたりには、梧桐《あをぎり》の葉が燒けたゞれ、形の好《い》い松が半ば燒け、裏の野菜畑の野菜が夥しく無殘に蹂躪《ふみにじ》られてゐるのも見えた。野菜畑の向ふの二階屋は半分燒けて下が空《す》けて見え、此方《こつち》の平屋は人が上つたり何かしたので、瓦が一面に無殘に碎けてゐた。何も彼も夜の騷ぎの跡を示してゐないものはなかつた。

近所の子守が子供を負《おぶ》つて、額髮《ひたひがみ》を手拭で卷いて、そこらをぶらぶら歩いてゐたりした。其處に、何處から來たともなく、要太郎の姿がひよつくり現はれた。かれは旅館の浴衣を着てゐた。そしてその浴衣は處々泥を帶びてゐた。

かれは蒼白い昂奮したやうな顏をして、細い露地から出て來て、通りの方へと靜かに歩いて行つた。かれも亦跡を見ずにはゐられない一人であつた。跡を、恐ろしい騷ぎの跡を、自分の犯した罪惡の跡を……。

かれは夢に夢を見てゐるやうな氣がした。あの三階の石油の壺、あの凄じい火焰、あの恐ろしい騷動、それからつゞいてこの燒け落ちた跡、晴れた美しい朝日、それをやつたのが自分で、そしてかうして自分が此處にゐるとは何《ど》うしても思はれなかつた。恐怖と不安と不定、それも昨日とは違つて、今は恐ろしい確實な否定すべからざる物が自分の前に橫《よこた》はつてゐるのを感じた。かれは不思議な氣がした。一方では自己の罪惡を感じてゐながら、よく自分に——平生は氣の小さい臆病な自分にかうしたことが出來たと思つた。つゞいて成功しなかつたといふことが、徒らにこの火災を起したといふことが、馬鹿々々しい眞似をしたといふことがかれの胸の底から起つて來た。矢張、今もかれは無一物である。何《ど》うにもならない……。と思ふと、警察で當然他の旅客と一緒にしらべられなければならない不安が夥しく胸を塞いだ。その方はいかやうにも言譯《いひわけ》はすることが出來るが……脱營兵の方は、そつちの方は？

かれは立ち盡した。大勢の人がいろいろなことを言つてかれの傍《そば》を通つて行つた。中には、「まだわかんねえか、粗相か放火《つけび》か？」かう話しながら行くものもあつた。「罪跡は何も殘つてゐない。何も彼もやけた。あの石油の壺も、マッチも、軍服も……何も彼もやけて了《しま》つた。それだけは大丈夫だ。誰も知つてゐるものはない。又疑はれるやうなこともない。」かうは思つたが、脱營兵のことは何う言ひ解いて好《い》いかわからなかつた。しかし一方では平氣でゐやうといふ心持がかなりに強く動搖するかれの心を靜めた。「成るやうにしかなりやしねえ。行當つてから考へる方が好《い》いや――」

かう思つて又かれは歩き出した。

通りでは、大勢の人々の中に雜《まじ》つて、まだぶす〳〵と燻《くすぶ》つて燃えてゐる燒跡を眺めた。人達はいろいろなことを言つてゐる。「これだけの家《うち》が燒けるんだから、騷いだ筈だ」などとも言つてゐる。その話す言葉が一々自分の頭に反響して來る。ふと又お雪のことなどが考へられる。「構ふことはない。脱營兵がわかつたら、それだけの處分を受けるんだ。」こんなことを心の中の何處かで言つてゐるのに氣が附く。

ふと、ある話が耳についた。それは泊つてゐた人もゐたらうが、困つたらうなといふやうなことを話してゐるのであつた。

かれは突然言つた。

「俺は泊つてたんだ」

「さうかえ、貴方が――」

話してゐた人は、振返つて此方《こつち》を見て、「さうかえ、まア、困つたべえ」

「すつかり燒いちやつた。すつてんてんだ」

「さうだんべ。……一體、何處から出たんだな。」

「三階だ」

「お客さん何處へゐたゞ」

「俺《おら》ア、二階だ。火事だつて言ふんで、慌てゝ目を明くとすつかり烟《けむ》だもの、びつくりしちやつた」

「粗相だんべか、つけ火だんべか」

「それやわかんねえ……」かう言つたが、「兎に角すつかり燒いて了《しま》つて、すつてんてんで困つた。財布から何からすつかり燒いて了つた。持つて出たな、時計ばかりだ。」

「えらい眼に逢つたな」

「本當だよ」

「どうも、これもな、災難でな、しやうがねえや」

自分を傍《そば》に置いて、こんな話でもしてゐると、――自分に關係のない話でもしてゐるやうに話をしてゐると、いくらか胸の重荷が輕くなるやうな氣がした。

薄靑い烟を透《すか》して、向ふに滅茶々々に蹂躪《ふみにじ》られた野菜畑と、半分燒けた物干と、その間を拾ふやうにして歩いてゐる人達とが見えた。黎明近く、旅館の人達の立退《たちの》いた場所へ――それはそこから遠くはなかつた――自分も一緒に行つたことも思ひ出した。いつそこのまゝ遁げて了《しま》はうかと思つたけれど、さうすれば愈々自分の罪が知れると思つて、何食はぬ顏をして、その大勢の人達の群の中に雜《まじ》つてゐたことを思ひ出した。その避難した場所は、旅館の婆さまの弟の家《うち》で、かなりに大きな吳服屋であつたが、其處では、裏から入る座敷や居間をすつかり開放《あけはな》して、人達の避難して來るのに任せた。婆さんや子供だけ逸早《いちはや》く其處へ伴《つれ》られて行つた。女中達も逃げて行つた。主人が其處に來たのは、もうすつかり鎭火して、黎明の光が其處となくあたりに滿ち渡る頃であつたが、激昂と奮鬪とに勞《つか》れ切つたといふやうにぐたりとして、「何《ど》うもわからねえ、あんなところに火の氣のある筈はねえ。……あそこに火鉢や煙草盆が置いてあるから、女共が火のあるのを下げて、それから出たと考へれば考へるんだが、何うも變だ」などゝ言つてゐた。種々《いろ〳〵》な家財道具は、十中八九は燒いて了《しま》つたけれども、それでも手傳人が多く、手廻しも早かつたので、肝心のものだけは出すことが出來た。「ふゝん、あれも出した。よかつたな」と言つて急に思出したやうに、「あの箱は何うした？」

「出しました」

主婦も疲れ切つたといふやうにして、亂れた髪を梳《と》かうともせず、茫然《ぼんやり》した顏をして、末の女の兒に乳房を含ませてゐた。

座敷には泊つてゐた客が七八人避難して來た。逸早く運んで來た親類からの見舞の燒出《たきだ》しの結飯《むすび》、大きな土瓶、かけ茶椀、さういふものが一杯に其處に並べられた。出火の原因についての疑惑、驚いて寢惚《ねぼ》け眼《まなこ》で飛び出した狼狽、それからそれへと何處でも火事の話で持ち切つてゐて、包を燒いたといふものもあれば、大切の書類の鞄を出す暇がなかつたといふものもあつた。慌てゝ戸惑をして何《ど》うしても出口が分らなくなつて困つたといふ人の話は人々を笑はせた。三階の西の隅に寢た客は商人風の三十五六の色の白いほつそりとした男だが、慌てゝ階梯《はしご》を半分ほどで踏外した話をしながらも、自分に嫌疑がかゝりやしないかといふ恐れがあるので、何となく困つたやうな悄氣《しよ》げたやうな顏をあたりに際立《きはだ》たせて見せてゐた。

女中達も何かしら燒かないものはなかつた。風呂敷包、葛籠《つゞら》、行李《かうり》、中には永年働いて漸く拵へたばかりの晴衣一重ねなどもあつた。男から貰つた指環を入れて置いた小箱を燒いて了《しま》つたものもあつた。男の寫眞だけを持つて逸早く外へ飛出したものもあつた。「何うも災難だから仕方がないさ。御主人はもつと大變なんだから」などゝ客は女中の一人をなだめた。その間にも夜は次第に朝になりつゝあつた。消し忘れられた弓張提燈《ゆみはりぢやうちん》の薄明《うすあかる》く點《つ》いてゐるのを番頭は消して歩いたりした。かれはその大勢の客の中に雜《まじ》りながら、燒出《たきだし》の結飯《むすび》を食つたり、其場々々に適應した話の相手になつたり、手傳ふために簞笥の角に脛を打ちつけた血のにじんだ跡を出して見せたり、其處等をぶら〳〵歩いたりしてゐた。そしてかれの眼は絕えずお雪を探した。女中の姿さへ見るとそれはお雪ではないかと思つた。勿論、今の場合、口を利《き》くわけには行かない。うつかりして、疑はれるやうなことがあつてはならない。しかしかれはお雪の姿を眼で探さずには居られなかつた。夜が明けてから、かれは初めて奥で女中達に雜《まじ》つて一緒になつて働いてゐるお雪を認めた。

燒跡をぶらぶら歩いてゐたかれは、稻荷祉の門前近くまで行つて引返して、今度は裏の道の方へと行つた。其處にも此處にも狼狽と混雜との跡が殘つてゐる。半《なか》ば燒けた子供のつけ紐のついた四ツ身、八分通り燒けた女足袋、まだ火がついてぷすぷす燻《くすぶ》つてゐる小掻卷《こかいまき》などもあつた。ポンプの水で雨あがりのやうに泥濘《ぬかるみ》になつた路には、明るく朝日がさして、子守が子供を負《おぶ》つてめづらしさうにあたりを見て歩いてゐたりした。物のくすぶる匂ひがそれとなくあたりに漲り渡つた。

一昨々日から自分に纏はりついて來てゐる運命が、裏の半《なか》ば燒けて庇の落ちた二階屋の傍《そば》を通る時、又も强くかれの念頭を襲つて來た。理由なしに――本當にこれといふ理由なしに、かうしたハメに陷つて、將來は何うなつて行くかわからない運命のそれでも八分通り通過したことを考へた時、かれはゾッとして身を戰《ふる》はせた。自分ながら自分で何うしてかういふことをしたかわからないやうな氣がした。ランプ壺をつかんで闇の中を三階へと上つて行つた自分が歷々《ありあり》と見える。

さうしてさういふことを存外冷静に實行した自分が、それが自分であるのが不思議に思はれる。そしてまた何故そんなことをしたかといふことが不思議に思はれる。依然として無一物であるかれにはことにさう思はれる。急に、後悔の念が凄じく胸を衝《つ》いて起つて來た。

人を騒がせ人を驚かしたのは誰か。他人の財産を、何の關係も恩怨もない他人の財産を一夜の中に亡して了《しま》つたのは誰か。そして知らぬ顔をして、乃至《ないし》は出來るならばその罪を他に着せてまでも自分は好《い》い子になつてゐやうといふやうな圖太い不正直な考を持つてゐるのは誰か。さういふ人間も矢張血もあり涙もある人間の一人か。かう激昂して自分で考へたが、さういふ性質と性情とを持つてこの世の中に生れて來た自分といふことを考へると、堪《たま》らなく悲しくなつて來て、自分の心も苦痛も何も彼も闇から闇へと葬られて行くやうなさびしさと悲しさとで胸が一杯になつた。飜《ひるがへ》つて考へて見ても、かれのこれまでの生活には、少しの光明もなければ少しの溫情もない。かれのやつたことは皆な誤解され、憎惡され、罵倒され、冷笑されて、一つとして自分の眞の心の通つたためしがなかつた。故郷でもさうだ。兵營でもさうだ。戰地でも矢張さうだ。……不意に、潔よく自首しやうかと考へる。昨夜火をつけたのはこの身である。自分で自分がわからないこの身である。いかやうなる制裁でも受ける……。かう言つて潔よく自首しやうか。さうすれば、この重荷は、心の重荷は釋然として解ける。運命もその展《ひら》ける路を得る……。

かう考へてかれはぼんやり立つてゐたが、しかしそれは一時の激情で、段々心が重苦しく沈んで澱んで行くのを見た。それの出來るやうなかれではなかつた。またお雪のことを考へると、とてもそんなことは出來る筈はなかつた。罪惡をごまかしても、何《ど》うしても、生きてゐなければならなかつた。

で、かれはまた歩き出した。

裏道を通つて、避難所になつてゐる家の裏門近く行つた時、かれはふと劍の音をさせて、ズボンだけ白い姿を朝の空氣の中に浮出させて、二人の巡査がそこに入つて行くのを見た。かれは一種の重い戰慄を總身に覺えて其處に立留つた。

しかし思返して入つて行つたかれの眼と心と態度とは、すべて鋭敏にその巡査の制服の方へ動いて行つてゐた。その他には何も見えないといふほどの强さで……。かれは巡査の一人が主人と何か話してゐるのを見ると同時に、一人の巡査が此方《こつち》へ、昨夜泊つた客の大勢集つてゐる方へやつて來るのを見遁さなかつた。

それはまだ若い巡査であつた。かれはその若い巡査が落附いた聲で何か言つてゐるのを耳にした。中にゐた大勢の客達は、或は坐つたまゝで、或は其處まで出て來て、皆な銘々に勝手に自分の見たことを話した。「三階にひとりゐたツて言ふ客は誰れだな」かう問はれて、その商人風の男は、おづおづとしたといふ風で、運わるく三階に泊つたばかりでいくらかかけられてゐるらしい嫌疑をさも迷惑さうに、訥《にぶ》つた口附で、自分も始めてそれと知つた時の光景を話した。「眼が覺めた時はもう眞赤でした。ぱちぱち物の燃える音がしてました。兎に角、三階の隅から出火したことだけは確かですな」

「それから、二階には、誰がゐた」

其處にゐた客達は彼方此方《あちらこちら》から顏を出した。「もう、一人ゐた筈だがな」客の一人はあたりを見廻してから、庭に立つてゐるかれの方を見て、「あゝ、あそこにゐる。あの人もさうです」と言つて指《ゆびさ》した。

若い巡査は振返つてかれの立つてゐるのを見た。かれは顏を見られるのに氣がさしたといふやうにいくらか低頭《うつむき》加減にした。しかし巡査は別に氣にも留めぬらしかつた。

「兎に角、あとで、一應は調べなければならないから、氣の毒だが、誰も何處にも行かずにゐて呉れ」

かう言つて、若い巡査は、また奧に行つて、もう一人の部長らしい巡査と共に、今度は主人主婦老婆女中といふ順で、いろいろに調べるらしかつた。婆さんが部長に向つて、熱心に何か頻りに述べ立てゝゐるのが、そこにゐるかれにも見えた。

巡査が歸つたあとで、かれは初めてお雪の傍《そば》に近づくことが出來た。

「何か燒きやしなかつたか」

「大したものでもないけれど……行李一つ燒きましたよ」

「俺も燒いちやつた……」

「何を？」

「金入を燒いちやつた……」

「さう、それはいけなかつたのね。困るでせう。それぢやー―」

「困つちやつた」

「餘程多く……」

「何アに、少しだけども、十兩ばかし……」

「さう……」と言つたが、氣を兼ねるといふやうにあたりを見廻して、「私《わたし》と貴方と知つてゐる同士だつて言ふことをわからないやうにしなくつては駄目ですよ。」

「それは大丈夫だ……」

其處に、向ふに人の影が見えたので、お雪はすつと別な方へ行つて了《しま》つた。

抑留された大勢の客の中には、苦情が百出した。中には忙しい、是非今日の午前中に行かなければならない商用を持つてゐる人などもあれば、「災難とは言ひ條、馬鹿馬鹿しい話だ。これで一日潰されて了《しま》つてはやり切れない。時は金だ」などゝいきまくものなどもあつた。客が放火した。そんな話はないといふ意見に大勢は一致してゐた。「女中の粗忽に相違ない。それを、客を一體にすべて調べるといふ法はない。」こんなことを其處でも此處でも言つた。

奥の主人主婦や婆さんの述べたところでは、女中の粗忽では絶對にないといふ主張であつた。その三階の隅に火鉢なり煙草盆なりを昨日は置かなかつた。何《ど》うも不思議だ。あそこから火が出るわけがない。かう言つて皆な巡査の間に答へた。婆さんは中でも思ひ當ることがあるやうな調子で話した。「何《ど》うかお調べ下さい。いづれ、さういふわるいことをしたものがあると思ひますから」と言つた。

家族の人達の中の評議では、何うしてもその放火者は二階と三階との客の中にあるらしく思はれた。火災保險も何もつけてないので、金や貴重な財產の一部は出したけれども、この不意の厄災に再び容易に恢復することの出來ない將來について主人は思ひ煩はずには居られなかつた。昔から何代となく評判よく續いて來た旅館、事件といふ事件も災厄といふ災厄もなかつた家、その家がかういふ騷動を町中に起させたといふことも心外であつた。「代々、人に恨まれるやうなことをした例はないんだから、何うしても物取りか何かのした仕業に相違ない」から主婦も婆さんも言つた。

それは、かういふことは、主として男女の關係からよく起るものだといふことを主人も婆さんも考へた。そして女中達に觀察の眼を向けた。しかし、誰にもさうした嫌疑のかゝりさうなものもなかつた。「まア。然し、お上《かみ》で調べて下さるから此方《こつち》でやきもきするがものもない」と思ひ屈したやうにして主人は言つた。主人は一方そのために抑留されてゐる大勢の客を氣の毒に思つて、度々其方へ行つて、挨拶をした。その間要太郎は綠葉の日に照る緣側のところに胡座《あぐら》をかいて、ぼんやりして、頭のふけなどを取つてゐた。

二十八

「お前、お前、ちよつと……」

かう小聲で、そツと手で招くやうにして、婆さんは主人をその傍《そば》に呼びつけて、耳に口を當てゝ何かこそこそと話した。

主人は點頭《うなづ》いて聞いてゐたが、時々眼の前に浮んで來る光景を思ひ浮べるやうにしたり、また餘りに他人を疑ひすぎるやうな判斷を考へるやうな表情をしたりして聞いてゐたが、「しかし、餘り人を疑つてもいけないからね」

「でも、ね、何《ど》うも、さうぢやないかと思ふよ。それも、今、ふつと、考へごとをしてゐて思ひついたんだがな……あそこは」又、耳に口を寄せて、「あそこからは、階級《はしご》を上つて行けばすぐあそこだから、……それに、ようく考へて見ると、をかしいことがあるだよ。第一、兵隊さんが二晩あゝして泊つてゐるツて言ふこともをかしいしな。それに、道具を運ぶ時に、店頭《みせさき》にいやにちよこまかしてゐたぢやねえかね」

「それはさうだな」

さう言はれゝば、成ほどあの時、手傳つてやるとか何とか言つて、金や貴重品の入つてゐる箱に手を懸けた。それから、隙《すき》を覘《ねら》つて何かしやうとしたやうにも取れば取られる。主人は首を傾《かし》げて考へた。

「第一、あの顏からして氣に入らねえだ、己《おら》には――。善人ぢやねえぞな、あの顏は？　俺《おら》は家《うち》に入つて來た時からさう思つた」

「でもな、無暗に、さう人を疑ふわけにも行かねえだな」

「それはさうだがな。氣をつけて見ろや、……それにな……」又耳に口を寄せて、「警察にも、それとなく言つて置けよ、何《ど》うも、さうぢやねえかと己《おら》は思ふんだ」

小さな聲の中に包まれた年經《としとつ》た老婆の觀察、それが深くその祕密を主人に展《ひら》いて見せたやうな氣がした。主人は默つて腕を組んで考へた。成ほど祖母の言葉の中には、經驗に經驗を重ねた細《こま》かい觀察がひそんでゐる。本當にさうかも知れなかつた。しかし一方では、僅かな金を盜むために、わざ〱火をつけなくつても好ささうなものだと思つた。主人は何方《どちら》かと言へば、三階の客に疑ひを挾んでゐたのであつたが、婆さんは「何うして、お前、三階のあのお客さんなんか、そんなことをする人ぢやねえぞな。一目見て、するかしねえか、わかるだ。」かう言つて、昔聞いたことのある同じやうな場合の話をそこに持出した。主人は深く深く考に沈んだ。

二十九

その日の午前十時過、その避難所から、前夜の大勢の泊客《とまりきやく》がぞろぞろと揃つて、町の大通りの中ほどにある警察署の方へと歩いて行くのが見えた。主人と巡査部長とが先に立つて、あとから其人達は續いた。要太郎もその中に雜《まじ》つてゐた。

町ではその噂で持ち切つてゐた。「まだ、放火《ひつけ》か粗忽《そさう》かわかんねえかよ」「放火《ひつけ》だとすると、あの大勢の中に誰かつけた奴があるんだぞよ」「何うも外から入つたものぢやねえらしいな」こんな噂がそこにも此處にもきこえた。初夏の午前の日は明るく一行を照した。麥稈帽子《むぎわらぼうし》をかぶつてゐるものもあれば、ぼやく\した頭髮をそのまゝむき出しに現はしてゐるものもある。旅館の浴衣《ゆかた》の泥に塗《ぬ》れたのを着てゐるものもあれば、ちぐはぐの下駄を穿いてゐるものもある。兩側の町の人達は、大抵は外に出てその一行を見送つた。

「でも、物を燒いた客もあるんだらうな」

「それはあるだらうとも……」

「どうも、災難だから、仕方がないけれど、お客も迷惑さな」

「もし、あの中に、やつた奴があるとすると、ひどい奴もあるもんだ」

かうした噂がかれ等一行の歩いて行く跡に長く續いた。

中には、困つたやうにしほく\した相馬屋の主人に同情して、「あゝいふ評判の好《い》い家《うち》に、かういふ災難が湧いて出て來るんだから、本當に何が何だかわかりやしねえ。俺達だつて、明日が日何《ど》んな目に逢ふかわかりやしねえ。それに保險に一文もついてゐねえつて言ふぢやねえか。氣の毒だな、あのおやぢ」

「本當に、相馬屋が氣の毒だ」

やがて一行の人達は、部長に導かれて、ぞろぞろと警察の松と階段のある入口の見えてゐる門へと入つて行つた。要太郎は一昨日の夕暮、この前を通つた時のことを思ひ出した。見えない、しかし的確な運命の糸のやうなものがあつて、それが其處と自分とを引付けて行くやうに考へたあの空想が事實となつたことをかれは思つた。しかし、かれには何《ど》うすることも出來なかつた。

警察の大きな建物に續いて、三面硝戸《がらす》で明るくしきつた板敷の、ひろい、二三ヶ所に卓《テイブル》と腰掛とが置いてあるところへと一同は先づ入れられた。「かういふ處に入れられたのは始めてだ」かう言ふものもあれば、「何も經驗の一つだよな。一日遊ぶ氣でゐるんさ、仕方がねえ」などと言ふものもあつた。此の廣い板敷の中で、時々は巡査達が擊劍の稽古をするらしく、竹刀《しない》や道具がそこらに置いてあつたりした。要太郎は何となく落附かないやうな顏をして、隅の方の長い榻《こしかけ》に腰をかけてゐたが、此時は朝あたりとは違つて、人の眼が鋭く意地わるく自分にのみ注がれてゐるやうな氣がして堪《たま》らなく無氣味《ぶきみ》であつた。ことに、主人の眼が常にかれの態度から離れないのをかれは感じた。かれはその眼を避けるやうにした。

　便所に二三人行くものがあつたので、ふとかれも立上つて其方《そつち》の方へと行つた。かれには便所よりは寧ろ遁げる時のことが氣に懸つてゐた。いざと言へば、遁げなければならない……。その時は！　その時は！　かうかれは旣に餘程前から思つてゐたが、しかし、いざ遁げるとなると、自分の罪惡を自分で承認した形になる。滅多に遁げるわけにも行かない。かう思つてかれはその逃遁の意思を押へた。しかし、いかにしても氣になつて仕方がない。體がわく／＼するやうだ。で、かれは立つて厠《かはや》の方へ行つた。主人の眼がかれの方を目送するのをかれは感じた。

　正直に大便所に入つて、戸を閉めたが、そこでかれは自分の罪惡と祕密とに正面に對するやうな心持がした。と同時に、一方では、何うかしてこれを切り拔けなければならないといふ努力が渾身に漲つて來た。そんな意氣地のないことで、何《ど》うする。昨夜《ゆうべ》のやうな大膽なことをやつた身が……」かう何處かで、自分を叱咤する聲がきこえる。かれは兎に角覺悟をきめて置かなければならないと思つた。默つて口を緘《と》じてゐれば、罪があつても罪にされられないことをかれは知つてゐる。しかし、それをするには、兵營、世間、故鄕、さういふところまで公然《おもてむき》に知られることを覺悟しなければならない。新聞にも大々的に書かれるに相違ない。それよりも、逃げる方が好《い》いとかれは思つた。何《ど》うせ逃げなければならない身だ。旨《うま》く行けば巧に逃げ終らせることが出來るかも知れない。かう思つて、かれは厠の中から外を見渡した。そこに扉がある。その向ふに青々とした野菜畑がある。物干棹《ものほしざを》に低く赤いものを干した小さな家屋がある。その前に路がある。

かれは厠を出て、手を洗ひながら、あたりに誰もゐないのを見定めてから、五六歩向《むか》へ出て行つて見た。あの扉さへ破れば、逃げるのに、さう困難でないのを見て、かれはいくらか安心した。

「なアに、戰地でやつたことに比べれば、この位のことは何でもありやしない」などゝ思つた。

かれは戻つて來て、以前腰をかけてゐた榻《こしかけ》に矢張腰をかけた。

「放火《ひつけ》は重いんだんべ」

氣が附くと、かう誰かが言つてゐる。

「重いとも……」

「無期か、十年か？」

「死刑かも知れねえぞ。何でも重いツて言ふこと、俺ア聞いてた」

「でも、死刑ぢやあんめい」

「何《ど》うだかわかんねえぞ」

田舍に生活してゐるからういふ人達は、法律のことなどにも明るくないので、「死刑か？　無期か？」と言ふことに就いて、いろ〳〵言ひ爭つたりした。かれは聞くともなくそれを聞いてゐた。

かれの腰を下した横のガラス戸からは、狹い中庭を隔《へだ》て、警察の母屋《おもや》の一間が見え、梧桐《あをぎり》の深く茂つた綠葉が見え、その上に深く澄んだ靑空と明るい日の光線とが見えた。

巡査が二人ほど入つて來た。

兎に角、二階と三階とに寢た客に來いといふことであつた。で、三階の客が一人、二階の客が四人、揃つて巡査と主人との跡について行つた。かれも無論その一人であつた。かれ等は今度は長いテイブルの置いてある矢張腰掛の据《すゑ》てある細長い狹い一間へと通された。

署長も部長もゐた。

三階の客が一番先に調べられた。かれは姓名を訊かれ記《しる》されてから、いろ〳〵と當夜のことを訊ねられた。警官達は別にかれ等を罪人扱ひにしなかつた。署長は莞爾《にこ〳〵》と髯《ひげ》を捻《ひね》りながら、しかもじろ〳〵と鋭く人間の心の內部まで看破しなければ置かないといふ眼で、じつと話をしてゐる人の一言一行を見た。「いゝえ飛んでもない。慌てゝ飛び下りて、こんな膝をすりむいた位なんですから」かう言つて、眞面目な顏をして、三階の客は足をまくつて見せた。

次にかれの番が來た。

かれはわざと冷靜を保つた。宿帳に書いた虛僞の姓名を言つて、そして、自分が氣が附いた時には火は既に二階に廻つてゐたと話した。

「現役かね」

「は……」かれの顏は緊張した。手を兩側に當て不動の姿勢で立つた。

署長はじつと長い間見詰て、「いつから來て泊つてゐる――」

「一昨日です？」

「現役兵が何《ど》うして、さう長く外に出てゐられるのか」

「請願休暇を貰つて來ましたから」

「幾日間――」

「一週間……」

「すぐ電報できけばわかるんだが、本當だな」かれは默つて點頭《うなつ》いた。

「お前だな、稻荷前で、無錢飮食をしたのは――」

「無錢飮食をしたわけではありません。生憎《あいにく》財布を忘れて行つたものですから……」

「さうか、よし、隊は一中隊だな。電報でき〻合せばすぐわかるから……」

かう言つて次の客の番になつた。他の三人も矢張同じやうにして調べられた。別に難かしいことを聞かなかつた。やがて署長が出て行つたので、「これで好《い》いんですか」などゝ言つて、皆《みん》な揃つて出て行かうとした。で、かれもあとについて出て行かうとすると、部長は、「君だけは殘つてゐて呉れ、もう少し調べることがあるから」と言つてかれを遮つた。

かれの顔は蒼青《まつさを》になつた。

三十

午後一時過、かれは絶えず傍《そば》についてゐる巡査に言つた。

「便所に行きたいのですがね」

「さうか」

かう言つて、巡査はかれの後について中庭から厠《かはや》の方へ行つた。例の若い巡査であつた。

かれは其後種々《いろ〳〵》に調べられた。脱營兵であるといふこともう知られた。一昨日長い路を歩いて町に入つて來たといふことも、稲荷前で油揚屋の婆さんを捉《とら》へて無錢飲食をしたことも、何も彼も知られた。かれは訊問の度毎、呼吸《いき》も塞がるやうな苦痛と懊惱と戰慄とを感じた。今はもう一途あるのみである。逃遁の一途あるのみである。

大便所の中に暫く入つてゐてやがて出て來たかれは、そのまゝ默つて、そこにある手水鉢《てうつばち》で靜かに手を洗つてゐたが、元の方へ行くと見せかけて、いきなりスタスタと別な方に行つた。何をするかと思ふと、敏捷なかれの手は、さつき見て置いた扉を明けて、そのまゝ追《おつ》かけて來た若い巡査を突き飛ばして、野菜の畠の方へと一散に走つた。

向ふに通じてゐると思つた路は、其處に行つて見ると、柴垣で遮ぎられてゐるので、かれは其處でちよつとまごまごした。その間に巡査は劍を鳴らしてあとから追ひ附いて來る。後から組み附く。振りほどく。かじり附く。擲《な》ぐる。それは唯だ瞬間であつた。二人は聲も立てずにこけつ顚《まろ》びつしたが、かれの爲めに好運なことは、かれの體の凭《よ》りかゝつた垣の杭が、古く朽ちてゐて、ぐらぐらと向ふに倒れかけたことであつた。それにかれは一氣に巡査に押されてゐた。かれと巡査とはやがて一緒に重り合つて杭と共に向ふに倒れた。

それは町の裏通であつた。

一度は下に組み敷かれたかれも、力が強いので、忽ち巡査をはね返し、擲り、蹴り、振り切り、振り放つて、一散にその裏通を向へと走つた。

「逃げた！　逃げた！」

あとから追ひかけた巡査は、始めてかう大きな聲を立てた。

「逃げた！　逃げた！　犯人が遁げた……」

かういふ呼聲が靜かな一時すぎの裏通に長く續いた。

通りには二三人通つてゐた。誰も皆振返つて見た。ある家では、其處の細君が子供を負ひながらびつくりした顏をして見てゐた。ある家では、聲をきゝつけて、何事かと驚いて主人が出て來た。人々は服を泥だらけに制帽も何處かに失つた一人の巡査が、「逃げた！　逃げた！」と呼びながら走つて行くのを見た。

「何だ、何だ！」

彼方《あつち》からも此方《こつち》からも其大聲を聞いて人々が出て來た。向ふに遠く半町ほど隔てゝ、一人の男がこれも矢張帽子もかぶらずに跣足《はだし》で走つて行くのが見えた。

「昨夜《ゆうべ》の放火《ひつけ》の犯人だ！」

かう巡査は矢張走りながら呼吸《いき》も絶え絶えに言つた。

「放火の犯人！」

人々は目を睜《みは》つた。

その時分には、警察でももう大騒ぎになつてゐた。「逃げた！」といふことと、「いよ〳〵犯人はあいつだ！」といふことと、「それ遁すな」といふことが一緒になつて人々の頭に上つた。犯人の遁げて行つた跡から、巡査も行けば部長も行き署長も行つた。其處に大勢集つてゐた昨夜の客達も出て行つた。

しかし戰地で鍛《きた》へられ演習で馴らされたかれの足は非常に早かつた。遁げる者と追ふ者との間の距離は次第に遠く遠くなつた。かれはあるところまで行つて振返つて見たが、それからは少し足を緩《ゆる》めて、苦しさうに呼吸《いき》をつきながら歩いた。そこはもう畠で、あたりには人家がなく、右には稲荷社の暗い杉森がこんもりと指さゝれた。

追ふ者と遁げる者との間に横《よこた》はつてゐる距離は何うすることも出來なかつた。向ふから誰か廻れば好《い》いがなと思つても、さういふ間はなかつた。かれは川に架《か》けた橋を渡つて、麥畠の黃《きいろ》く熟した中についてゐる路を横《よこぎ》つて、それから停車場の向ふに見えてゐるレールの路の方へと走つた。

町ではその噂が忽ち到るところにひろがつた。電話は警察署から彼方此方《あつちこつち》へとかけられた。

停車場へかゝつた時には、事務を執《と》つてゐた驛員が電話口に出たが、それときくと、「大變だ、大變だ。昨夜《ゆふべ》の火を放《つ》けた犯人が此方《こつち》へ遁げて來たさうだ」かう言つて驛長に報告すると共に、そのまゝ走つて場外へ出て行つた。丁度その時、要太郎は畠から汽車のレールを越えて、小松の生えた赤土の小さな丘陵の起伏した方へ行く路にその姿を見せてゐた。

「あれだらう？」

「さうだ、あいつだ」

「のんきさうに歩いてやがる！」

其處に集つて出て來た驛長や助役や驛員達はこんなことを言ひながらそれを見てゐた。踏切の少し先のレールのところをかれは越えて行つたのであつた。

「一體何者だ！」

「脫營兵だとよ」

「脫營兵！」

助役はかう言つて、「相馬屋に泊つてゐたのか」

「さうですとさ！」

「それぢや、物でも盜《と》らうと思つて火をつけたんだな」

「さうでせう」

こんなことを言つてゐる中に、かれの姿は向ふの村に通ずる路に出て、それから畠の中をグングンと丘の中の方へ進んで歩いて行くのが見えた。初夏の午後の日は美しくあたりを照した。

追ひかけて來た人達は、それと接觸を保つてゐたが、此方《こちら》から見て、何《ど》うすることも出來ないやうに思はれた。かれ等もレールを越して此方《こちら》へとやつて來てゐた。巡査達の白いズボンと、日に光る劍とが鮮かに見えた。大勢集つてついて來てゐる人達も見えた。

少し經つた頃には、追ふ者追はれる者の現場よりは、却つて町の噂の方が大袈裟《おほげさ》になつてゐた。そこからそこへと傳へられたその噂は、段々募つて、「遁しちやならん、それこそ町の耻辱だ。一體、警察の奴等がまごまごしてるからわりいんだ。遁がすツていふことがあるもんか」などと言つた。到るところその噂ばかりで、事件のあるのを好む彌次馬は、其處からも此處からも出て行つた。かれの遁げて行つた裏通は、人で一杯になつた。

巡査とかれと取組《とつく》んでこけつ轉《まろ》びつした破れ垣《やがき》のあたりにも、人々が大勢來て集つて見てゐた。

「此處から遁げたんか」

「さうだ」

「こゝを破つて遁げたんだな。……はゝア、成ほど警察の裏だ」

こんなことを言つて見てゐた。其の現場を見た細君は、「何事が始まつたかと思ひましたよ。ばたばたツて言ふ音が通でするから、何事だと思つて出て見ると、大きな男が遁げて行くぢやありませんか。そしてあとからお巡査《まはり》さんが追《お》つかけて行くぢやありませんか。吃驚《びつくり》したにも何にも……」などゝ話した。青年も走つて行けば、子供達も走つて行つた。其日の稼業をそつちのけに急いで出て行く人などもあつた。

「兎に角遁《にが》すな。遁しちや町の名折《なをれ》だ」かう誰も彼も言つた。

裏道から川にかけた橋を渡つて、麥畠の中を通つて、レールを越えて、犯人と接觸を保つてゐる追手の群のゐるところまでは、群集が陸續として絶間なく續いた。ある野菜畑は荒され、ある麥畑は蹂躙され、レールの前の小川の畔《ほとり》の草原はしとゞになびき伏した。

丁度要太郎が丘の上にグン〳〵登つて行く時分、避難所の奧で働いてゐたお雪は、始めてその噂を聞いて、はつとして顏色を變へた。かの女の顏は見る〳〵蒼青《まつさを》になつた。「まア……」とも言はなかつた。しかしかの女は默つてゐた。深くその祕密を胸に包んでおくびにも現はさなかつた。

稻荷前の油揚の婆さまは、

「え、あの兵隊の奴が……」

と呆《あき》れて、

「そんぢや、金なんか一文だツてなかつたんだな、野郎。野郎、始めから喰倒すつもりだつたんだな、太い野郎だ」

「とれねえぞ、もう……」

隣の婆さまがわざと冷かすやうに言ふと、

「ほんまだ。馬鹿な目に逢つちやつたな。」倒された錢《ぜに》の額を數へて見て、「四十二錢、馬鹿見た。ほんに馬鹿見た。太い野郎だ。どうも、變な野郎だとは俺も思つたゞア、……圖太い奴だ。……あ？　兵隊屋敷を突走《つッぱし》つて出て來やがつたんか。えらい目を見た。……でも、なア、相馬屋のこと思へや、大難が小難だ」

「それはさうともな……」

「でもな、あとで、何《ど》うかして取んねえぢやなんねえ、野郎だツて、親類位あんべい。だから、今朝早く警察へ言つて置いたゞ。」考へて、「昨夜《ゆうべ》遲くなつても、取りに行けば好かつたゞ」

「ほんとによ」

その頃には、追跡隊は既に大勢になつて、丘陵の中に逃げて入つて行つたかれのあとを追かけて行つてゐた。其處は小さな赤く禿げた丘が處々にいくつとなく起伏してゐるやうなところで、その丘をめぐつて、畠道や村道や里道が混《まじ》り合つたり縺《もつ》れ合つたりしてついてゐた。一つの路はM村に、もう一つの路はH村に、それと交叉して、大きな縣道が山の中のR町へと向つてつけられてあつた。

追跡隊は犯人の遠く遁げ去るのを防ぐために、一方はM村の路を、一方はR町への街道を塞いだ。

R町への街道の方へ行つた隊の中には部長がゐた。「この二つの路さへ塞いで了《しま》へば、やつこさん、何《ど》うにも出來やしませんよ。何方《どつち》へも出られやしませんから。これで押つめて行けや、袋の鼠も同然だ。」などゝ言つて笑つた。

犯人と接觸を保つてゐる方の群集は、要太郎の姿が或は丘の裾の方へ、或は丘から丘へ續く路へ、萱《かや》や薄《すゝき》の青く生えてゐるところへと段々動いて行つてゐるのをつとめて見失はないやうにと心がけた。要太郎は今はもう走らなかつた。かれは靜かに歩いた。時には大勢集つてゐる群集の方を眺めた。其間には、汽車が白い烟《けむり》を眼下の野山に漲らして、T停車場へと入つて行くのがかれの眼に映つた。

「それ、何處かに見えなくなつたぞ」

「何處かへ行つたぞ」

時には、群集はこんなことを言つて騷いだ。しかし、暫くすると、かれの姿は、あんなところと思はれるやうな路も何もない丘の上のところにあらはれた。

かれは跣足《はだし》で遁げて來たので、既に處々で岩角などに觸れて、血が二三ケ所から滴り落ちてゐた。かれはをり〳〵立留つて考へた。何《ど》うかして逃げて行く道を、ほつと呼吸《いき》のつけるところまで出て行く道を……。しかし後からの追跡を片時も念頭に置かずにゐられないかれに取つては、その群集からかれの姿をかくすといふことは容易でなかつた。

そればかりでなかつた。かれはをり〳〵飜《ひるがへ》つて、一昨々日から自分に絡みついて來た運命が、とう〳〵自分をかういふ窮地に陷れたといふことを考へた時には、かれは何も彼も冷笑したいやうな氣分になつた。かと思ふと、生に對する執着が、強い力でかれに蘇つて來た。遁《にげ》られるだけは遁げて見やうと思つて、かれはまた路を丘の陰の方へと取つた。

をり〳〵お雪のことが思ひ出された。もう何も彼も知れたらう。それと聞いて、かの女は吃驚《びつくり》してゐるだらう。呆《あき》れてゐるだらう。かう思ふと、かれは何も彼も見事に破壞されて了《しま》つた自分の生活を發見せずには居られなかつた。「もう、お了《しま》ひだ！」かうかれは思つて頭を振つた。急に、何《ど》うにも彼《か》うにも堪《たま》らなくなつて來たといふやうに、面《かほ》に手を當てゝ泣出した。

「誰がわるいでもない。俺がわるいんだ！　仕方がない」

歔欷《すゝりな》きながらかれは獨語《ひとりご》ちた。

かうもすれば好かつた、あゝもすれば好かつた。かう種々《いろく》と後悔の念も湧くやうに起つて來たが、今更そんなことは少しも役に立たなかつた。

かういふ間にも、追踪は愈々迫つて來たので、かれは慌てゝかけ出した。

丘から丘への道をかれは縱橫に縫ふやうにして歩いた。かれは小松の中に身を隱して見たり、岩穴見たいなところに入つて行つて見たり、M村の方へ行く路の方へ下りて行つて見たりした。

しかし、暫くして、そのM村の方へ行く路にも、R町の方へ行く路にも、追跡隊が旣にぐるりと取卷いてゐるのを發見した時には、かれは絶望した。かれは旣に周圍に網を張られた勞《つか》れた且つ飢ゑた獸に似てゐた。

「何アに、その時は突破してやれ！」

かういふ烈しい心の狀態にもをり〳〵かれはなつた。

かれはしかし飽までも遁れることを考へた。M村、H村、R町――すべてその方面は駄目らしいが、この續いてゐる丘から丘を越えて行つたなら、何《ど》うにか遁げる方法があるかも知れなかつた。それに、長く潛伏してゐれば、夜になる、夜になれば――闇夜になれば、いかやうにも、この網の目をぬけ出して行くことが出來る……さうだ。それが好《い》い。さながら天の佑《たすけ》でも得たやうに、かれは喜んで、また丘から丘へと越して行つた。

丘と丘との間には、蘆や荻や藻や蒲などの岸に茂つた小さな池がさながらかくされてあるかのやうにところ〴〵に湛《たゝ》へてゐた。剖葦《よしきり》が頻りに鳴いた。

一面を取巻いた山の翠微《すゐび》は、次第に午後の濃淡の多い影を帯びるやうになつた。丘から先には低い丘が重《かさな》り、其上に襞《しわ》の深く刻まれた山が連《つらな》り、更にその上に高い〳〵屋梁《をくりやう》のやうな山嶺の連りが聳えた。雲が其處から巴渦《うづ》を巻いて湧き上つた。

何事もないやうに、人々の大勢騒いでゐるのも知らないやうに、野の道には飴屋の笛が聞え、農夫の唄が聞え、麥刈の男女の群が見えた。山近い村からは、塵埃を燒く烟《けむり》が白く靜けく靡き上つた。

かれが一刻も早く夜になるのを望むのと正反對に、追跡隊は、是非とも暗くならない中に犯人を捕縛しなければならないと思つた。R町の路の方から押寄せて來た群衆は、中でも殊にその念に驅られた。

「ぐづ〳〵してゐちや、駄目だぞ」

「一人ばかりの犯人を半日かゝつて捕《つかま》へられないッていふことがあるか」

かう人々はいきまいた。町での騒ぎは、愈々大きく、火の手が盛んになつて、是が非でも今日の中に逮捕して了《しま》はなければならないと誰もかれも言つた。T町の重立つた人達は、皆な出て來た。町長も助役も自轉車を飛ばしてやつて來た。電報でM市の兵營に照會したら、三日前から脱營してゐる兵士があるから大方それだらうと言つて來たといふ新しい噂なども傳へられた。

接觸を保つてゐる方でも、次第に近く押し寄せて來てゐた。

しかし、五時少し過ぎた頃になつて、犯人の行衞《ゆくへ》が不明になつたのが人々を不安にした。何處に行つたか、その姿が急に見えなくなつた。今まで見えてゐた姿が、丘を越すなり路に出るなりしなければならないその姿が……。

で、追跡隊の人達は、かれの歩いた丘から丘へと行つた。彼方此方《あつちこつち》と殘るくまなく探し廻つた。R町の路の方の人達も此方《こつち》へとやつて來て探した。

「何《ど》うしたらう？　不思議なことがあるもんだな」

「本當だ」

「つい、さつきまで見えてゐたんだがな。何處にも行くわけはないがな」

「確かに隱れてゐるんだ。ゐるに違ひない」かう署長はせき心になつて言つた。

人達はそれからそれへと探し廻つた。一番最後にその姿の見えてゐたあたりへは、警官達が代るぐ行つた。

白いズボンが其處にも此處にも見えた。追跡隊の中には、紫の色をしたT町の町旗などが飜《ひるがへ》つて見られた。

それは丁度さつきかれが歩いてゐた丘の路から少し下つたやうなところであつた。下には路に臨んで小さな池があつて、その半面は赤く夕日に彩られてゐた。

小松の中を一つ〳〵さがし廻つて歸つて來た部長は、

「何《ど》うもゐない」

「不思議だな」

「本當に不思議だ」署長も手を拱《こまぬ》いて、「それも、深い森があるとか何とかなら、その中にまぎれ込むツて言ふこともあるけれど、別に隱れるにも隱れるやうなところがないんだからな」

「本當だ」

「下に下りたんぢやないだらうな」かう傍《そば》にゐた町の有志が言つた。

「いつの間にか、非常線を破つて、遁げ出したんぢやないかな」

「そんなことはない。それは確かにない」かう部長も斷言した。

丘の附近には、かなり大勢の群集が押寄せて來てゐた。皆《みん》なわい〳〵言つて騒いだ。

「もう少しさがして見るんだ、仕方がない」かう署長は命令した。

三十一

夕日の薄赤くさし添つた小さな池、それに添つた路、二三本生えた小松、そこを追跡隊の人々は度々通つた。蛙《かはづ》が靜かに鳴いてゐた。

蘆や荻や藺《ゐ》の新綠が岸を緣取つて、黑くなびいてゐる藻の上に白く點々として花が咲いた。靜かなしんとした池の面《おも》には、少しの皺《しわ》も小波も立たずに、夕暮の深い碧《みどり》の空が捺《お》したやうにはつきり映つて見られた。白い雲の影も靜かに落ちてゐた。

池を緣どつた小松の向ふに、淺くはあるが一ところ雜木の林があるので、其處はちよつと影が濃《こま》やかに何となく暗く陰氣に感じられた。初夏の頃によく見る山木爪《やまぼけ》の赤い花などがポツポツ咲いてゐた。

三度目にその岸を通つた時、部長の眼にちよつとある物が映つた。それは不思議な光景であつた。それは人の頭だ。水に浸つて首だけ出してゐる人の頭だ。眞白な、死人のやうな、それでゐて鬚《ひげ》の生えた。五分刈頭の……。部長は突然叫んだ。「居た、居た、居た！」

人々は飛んで來た。水中での格鬪が暫し續いた。

三十二

T町を騷がした脫營兵の放火事件、それは隨分長い間地方の人達の記憶に殘つてゐた。M市の新聞は二號活字で、大々的にその面白い記事を連載した。要太郎の故鄕でも、一時はその話で持切つた。

一兵卒の犯した罪、それはやがて厚い浩瀚な調書となつて、軍法會議に廻されて行つた。軍籍にあるものは、普通と違つて、陸軍の刑法の制裁を受けなければならなかつた。普通の犯罪は普通の裁判所で判決を受けなければならなかつた。

普通道德上、一點も同情され得べき點を持つてゐないかれの罪跡は、多少の辯護人の理解ある辯護を贏《か》ち得たばかりで、法律の規定のまゝに、通るべき所を通つて行つた。この間には尠くとも一年以上の月日は經過した。其間にその厚い浩瀚な調書は、種々な人の手に取られた。鬚《ひげ》の生えたいかめしい人の目にも觸れゝば、やさしさうな顏をした法官の机の上にも置かれた。

「えらいことをやつたな」

かうある人は言つた。ある人は、「一體、家庭がわりいんだ。それに性質もよくないんだ。何《ど》うも仕方がない」と言つて、家庭教育のなほざりに出來ないことを話した。

ある心理學者は、「何しろ、まだ年が若いんだからな。つい、する氣もなくさういふハメになつて行つたんだ。二十三四といふ年齡は人間の危い時だから」と言つて、その一部の心理のあらはれをその講演の材料にして喝采を博した。

判決が下され、運命がきまつてからも、かれは猶半年ほど牢獄の中に生きてゐた。その頃、そのかれの罪跡の調書は、一番最後の、こゝを通過すれば萬事すべて結了するといふやうな大きな官衙の大きな卓《テイブル》の上に一度置かれた。勿論、それはかれの調書ばかりではなかつた。それと同じやうな重い罪科の調書がその傍《そば》に澤山に並んでゐた。其處には學問の造詣の深い白鬚の老人や、新進の知識の豐富な博士や、議論の正確な法律に明るい若い學士などが椅子に腰かけてゐた。

別に異論も出なかつた。

その連中の一人は、旅行家で、かねて其地方のことに熟してゐて、油揚の婆さんのゐるT稻荷のさまなども知つてゐた。それだけかれはその連中に比べてこの厚い調書に興味を持つた。かれは矢張旅行家であるその友達の一人に話した。「何《ど》うも、あそこいらにありさうなカラアぢやないか。あの間を五里歩いて來たんだぜ。兵隊さん……」などと言つた。しかしそれきりであつた。別に何《ど》うにもならなかつた。

處がそれから少し經つて、M市の新聞はかれが愈々何日を以て銃殺されるといふ記事を掲げた。何等か後の罪人のみせしめといふ意味もあるらしく、東の練兵場の射垜《しやだ》で、何日何時に執行するといふことまで報道されてあつた。M市はまた新しい Sensation に燃えた。誰もかれも好奇の眼を睜《みは》つた。何處でもその噂で持切つた。それはかれがT町に來た翌年の十一月の初めであつた。しかし、東の練兵場で、公衆の前に執行されるといふ報道は、新聞記者の過《あやま》つた報道であつたか、それともかうした Sensational なシーンが人心にある惡影響を與へることを恐れて中途で其議を飜《ひるがへ》したのか、それは何方《どちら》だかわからないが、兎に角、其時刻に、それを見に、東の練兵場に出かけて行つた大勢の人達は、皆な失望して歸つて來た。練兵場はいつもの通りで、何も變つたことはなかつた。

その曉《あかつき》であつた。黎明のオレンジ色の空が美しく朗かな朝を豫想させる頃、銃を持つた一分隊許りの兵隊の姿は、指揮者の命令の下に一列に或る間隔を置いて嚴かに並んで見られた。夜はまだ全く明け離れなかつた。山近い曉の空氣は鋭く人々の肌に染みた。かれ等はかれ等の前に既に適當の距離を隔てて置かれてあるある黒い標的を見た。

「折敷《をりし》け！」

ばたばたと兵士達の蹲踞《うつくま》つて、銃を構へ裝塡《さうてん》する氣勢《けはひ》が微《かす》かに曉の空氣の中に見えた。

暫くしんとした。

「狙《ね》へ！」

つゞいて第二の聲がかゝつた。又しんとした。

曉《あけ》の明星がきら／＼した。

「撃《て》！」

凄じい一齊射撃が起つた。

解説

猪野謙二

この作品は、その前年に二ヵ月程かかって書き下され、大正六年（一九一七年）一月一日、春陽堂發行の單行本としてはじめて發表された。

島崎藤村は、「花袋子が數多き著作のうち、わたしの愛する作品は五つある」といって、「生」「田舍教師」「時は過ぎ行く」「百夜」とともにこの「一兵卒の銃殺」を擧げている。（單行本「百夜」の序）正宗白鳥も、この作品の發表當時、「この作を讀んだ時にはこの一二年間日本の小說を讀みながら感ずる倦怠な氣持とはまるで違つた刺戟を得た」「この作は花袋氏の無數の作中の傑作だと思ひます。作家としての氏の價値を低く引下げようとしても、下げさせることの出來ない作です」と推賞し、それが「一本調子の作でありながら氏の在來の作に類のないほど背景が大きい氣持のする作」であると述べている。（大正六・三・「早稻田文學」）さらに中村星湖も、「この作を讀み出した時、何かから飜譯小說をでも讀むやうな氣がした」といつて、そこに「文章上の新努力」を認めている。（同上「早稻田文學」）今日からみても、これらの讚辭は決して過褒ではないと思う。

もっとも、白鳥も指摘しているように、回想のかたちで語られる主人公の生い立ちの部分や、女主人公の造型などにはあきらかに難點があり、そこには花袋獨得の詠歎の過剩も目立っている。例の粗硬さや間のびのした退屈なところもすくなくはない。しかし、主人公要太郎の異常な行動と心理とその背景とが、緊密な關連のもとに一氣に描き進められてゆく脱營後三日間の描寫は、日本の自然主義小説全體の中でもたしかに稀有の光彩と新味とを示しており、この作品の成功をはっきり保證しているといってよい。「恐怖に包まれながらまだ生存の樂みを幽かに描いて、肩を落して、とぼとぼと歩いてゐる主人公の姿や心には、讀んでゐる中に、われかかれかといふやうに私は同化した」という白鳥の評語には、誰しも同感せずにいられないだろう。

花袋作品の類別からすれば、これはやはり「田舎教師」の系統に屬している。作者が仄聞した一青年の不幸な境涯に題材を採り、その實地調査にもとづき、かれが殘した多くの紀行文にも通ずる豊かな地方色と絡みあわせて、主人公の悲劇的な破滅への道筋を眞直に追求していったものであるが、この作品の題材やその成立の事情については、當時花袋自身が次のように語っている。

　それは恰度今から七年前のことであつた。仙臺の少し手前に岩沼といふ所がある。其處の嶽駒《たけこま》稲荷(竹駒稲荷―解説者)に全くあの通りの悲劇の起つたのは。つまり「一兵卒の銃殺」の主人公要太郎は、脱營して其處に二日間潜伏し、遂に自らの關係した女の家を燒いて了つたのであつた。此事は當時の新聞にも書かれた事實であつて、私は其後岩沼驛を訪つた時に、其燒出された家族の者にも會ひ、彼等の口から直々、當時の光景をも委しく聽き取る事が出來たのであつた。

今ではもう二三年前のことになるが「國民新聞」から小說を賴まれた私は、一つ此事實を「一兵卒の銃殺」といふ題で小說に書いて見ようと思つた所が、「一兵卒」といひ何方も新聞小說の題として不穩當だといふので、私は已むを得ず他の新しい材料を取上げることにした。それが卽ち例の「殘る花」（大正三・九・「國民新聞」連載―解說者）であつた。而して此表題から來る世間並の感じに對する憚りは單に新聞小說として丈でなく、今度單行本として出すにも、矢張り附いて廻つた。然し私は所信を通した。

此二三年持越の材料を、私は昨年信州の富士見で其一部を脫稿し、後は郊外の自分の家で完成したのであるが、其間に費した時間は約二箇月であつた。實際は岩沼で起つた出來事ではあるが、私はそれを關東平野に移して書いた。それに私は軍隊生活といふものゝ經驗がないから中の描寫には隨分骨の折れた所もあつた。「一兵卒の銃殺」は、事實には卽いて居るといふものゝ、謂はば全く私の幻像から出來上つた作と云つても可いのである。（大正六・一・二六・「時事新報」）

材料に使つた事實とこの作品との關係は以上によつてあきらかであるが、それなら作者のいわゆる「幻像」はどこに結ばれ、その意圖はどこに向けられていたか。かれはこの談話の中で『一兵卒の銃殺』は、題だけ見ると一寸社會主義的の思想でも取扱つたもののやうに思はれるかも知

れないが、決して夫んなものを取扱つたのではなく私の作意は他に在るのであつた」といい、

然らば私の覘つた所は何處かと云ふに、それは矢張主人公要太郎が、稚ない時分から散々惡い事ばかりして來、情事に關する經驗も思ふ存分嘗め盡して來て居乍ら、それで居て猶ほ、昔馴染の女に出會つた時に何うしても夫れから逃れる事の出來なかつた、此人生の機微に在つたのである。人間の持つた最も底のもの、最も深いもの、最も淫蕩なもの、凡てさうしたものゝ、我等の生活を支配する大きな力を描き出さうとしたのであつた。

と語っているが、これは當時の花袋として當然のことであったろう。大正五年といえばかれが四十六歳の年である。その一月から四月にかけて、代表作の一つである「時は過ぎ行く」の稿がつづけられていた。その脫稿とともに五月には信州の富士見に出かけ、さらに七月から十月にかけて再び同地に滯在、長い獨居の生活を續けていた。「山莊にひとりゐて」「ある轢死」等の諸作がそこで書かれたが、「一兵卒の銃殺」の稿が起されたのもこの間のことであったのだ。

これよりさき、すでに「四十の峠」を越えて、それまで自然主義文學の唱道者、實踐者としての道をまっしぐらに傍目もふらずに進んできたかれも、ようやく一つの轉機に達し、「恐ろしい倦怠と單調と不安」とにおそわれるようになっていた。「社會の虛僞に反抗の聲を擧げたその聲の下に、果してその虛僞は完く跡をかくしたであらうか。又自然主義の聲の下に果してすべてを新たにするやうな大きな藝術が來たであらうか。安價な告白、小さな反抗、幼稚な完成、さういふものの中に、我々は甘んじ、得意になつてゐられるであらうか。」(「東京の三十年」)こんな懷

疑にとらえられながら、しかし同時に「今までは唯、驀地に馬車馬のやうに傍目も觸らずに進んで來た」かれに、はじめて「自分のやつてゐたことの眞相がはつきりと見えて來た」というのもこの頃であった。まず第一にかれの眼をとらえたのは「時」の力の如何ともなし難きこと、その前に立つ人間の卑小さの自覺であって、そこに「時は過ぎ行く」の主題もあらわれてきたのである（「近代の小說」）が、なお「山莊にひとりゐて」には、遠く家を離れ、友を避けて、高原の山莊に獨居するかれが、はからずも東京からの愛人の來訪にあい、依然として人間の愛慾の斷ち難きを思う不安な心境が綴られているのである。そしてこのようなかれの懷疑と動搖と不安とが、やがて「一兵卒の銃殺」の發表につづく大正六年九月の「ある僧の奇蹟」や十月以降の「殘雪」に至って、ようやく一種の宗教的境地にまで結實してゆくのであるが、ともかくこのような條件の下ではぐくまれていたこの作品の基調が、やはり作者の荒凉たる宿命觀や人間愛慾の片附かなさに對する洞察におかれねばならなかったのは當然であったといえよう。そのような自己の主觀を、かれはあくまでも意識的に、その選んだ素材の上に投げかけているのである。

しかし、いま讀み返してみれば、こういう作者自身の詠歎や宿命觀とは一應別に、この作品は、過去の日本における軍隊や舊い家族組織（たとえば要太郎とその兄との關係）のもとに歪められ、うちひしがれ、無殘に葬り去られていった一靑年の人生記錄それ自體としても、きわめて普遍的な、切實な意味をもつ作品であることを否定できないであろう。そしてまた、作者はしきりに「社會主義的の思想」などを取扱ったものではないと斷っているにも拘らず、この作品のもつ社會性は、當時すでに一部の若い評家たちによって指摘され、またこの觀點からの批評もあらわれていたのであった。

すなわち、本間久雄は同年二月三日の「讀賣新聞」に書いた「覺え書き」で、この作品の題材そのものの特殊さとその特殊な題材の扱い方を問題にしているが、その中で、たとえば「トルストイがその『復活』の中で監獄制度そのものを峻嚴に考察してその改革を暗示してゐるやうに、見樣によつては『一兵卒の銃殺』一篇の中に描かれた兵營生活そのものゝ如きも、少くも社會的諸制度に興味を持つてゐる藝術家にとつては一つの大きな攻究批判の對象たるべきものである。この立場から見るとき、私は花袋氏がかういふ重大な攻究題目に對して、殆んど無關心であるやうなのを非常に遺憾とするものである。」とこれを評している。

また、同年三月の「文章世界」に、この作品についての長文のすぐれた批評を書いた田中純は、「作者が生き生きと描き出したものは、現代生活の生んだ可憐な一個の犧牲者である」として、ほぼ次のような論旨を展開している。すなわち、「現代的環境の下に於て、此の一兵卒が出現すると云うことはむしろ餘りに必然な出來事である。彼がやらなければ誰かがやるであらう。」「極めて些細な心理的錯誤から脫營を企てる一瞬間から……吾々は一兵卒の擊ち仆される銃聲を聞き終る迄、此の惡夢――さうだたしかに現代の生み出した惡夢だ！――から逃れる事が出來ない。」「それらは凡て病める心の惡夢である。そして此の場合、誰か病まざるものがあるだらうか。」

かような共感の思いを述べたあとで、しかし評者は、花袋が「この『病み』を決して普遍的事實として、もしくはそれ自らの必然性を持つてゐる事實として認めようとして居ない」という點を指摘し、そこにこの作品の主要な缺陷をみているのである。すなわち、脱營後三日間の描寫の「異常な牽引力」に比して、この作の約四分の一を占める入營前半生の敍述の退屈さ、生彩の乏しさ――この藝術的錯誤の由つて來るところは、要するに作者が「それ自らで是認せらるべきものを、或る他のものによつて是認しようとした處に、更にまた、より大なる現實をより小なる現實によつて是認しようとした處に」あつた。あまりにも主人公の性格とその生い立ちの特殊性を重視し、その特殊性を深く印象することによつて、強いて主人公の「病み」を辯解しようとして居るところに無理があつたと評し、さらにその一文を次のように結んでいるのである。

「作者が如何樣に強辯しやうとも、此の作の印象を正當に享受し得る讀者は、主人公の行爲を――多少でも――その性格と生ひ立ちの特殊性に歸しようとする作者の不當を感ぜずに居られないだらう。而して更に敏感な讀者は、此の主人公の生んだ不幸な事實の原因を更に他のものに、更により大きな動かし難い現實の中に求めるに違ひない。

しかし、かうした大きな缺陷があるにも拘らず、此の作の出現は極めて有意義である。何故ならば此の作は、吾等と時代を同じくするあらゆる人々が、一度は心内に描いて見なければならない大きな惡夢を、生き生きとした繪によつて吾等に示して吳れたのだから。

而して此の惡夢を拂ひ除けることの爲めには、あらゆる新人の永い靜かな聰明な努力が待ち設けられねばならない。」

一九五〇年代の今日、この作品における作者の藝術的錯誤をいい、またそこに、かれの自然主義の限界を指摘することはますます易いであろう。しかしそのことで、當時の青年のすべてを捉えていた「惡夢」を、文字通り「生き生きとした繪」として示し得たこの作品の意義は決して失われてはいないと思う。

この文庫に收めるに當つて、初版本を底本とし、あきらかに誤植と思われるところだけはこれを「花袋全集」第八巻（大正十二年六月刊）によって訂正した。校訂解説ともに、岩崎初代氏の大きな協力を得たことを附記しておきたい。

一兵卒《いつぺいそつ》の銃殺《じゆうさつ》

1955年5月25日　第1刷発行
2021年4月15日　第8刷発行

作　者　田山花袋《たやまかたい》

発行者　岡本　厚

発行所　株式会社　岩波書店
〒101-8002　東京都千代田区一ツ橋2-5-5

電　話　案内 03-5210-4000　営業部 03-5210-4111
文庫編集部 03-5210-4051
https://www.iwanami.co.jp/

印刷・三秀舎　カバー・精興社　製本・中永製本

ISBN4-00-310215-0　Printed in Japan

読書子に寄す

――岩波文庫発刊に際して――

岩波茂雄

真理は万人によって求められることを自ら欲し、芸術は万人によって愛されることを自ら望む。かつては民を愚昧ならしめるために学芸が最も狭き堂宇に閉鎖されたことがあった。今や知識と美とを特権階級の独占より奪い返すことはつねに進取的なる民衆の切実なる要求である。岩波文庫はこの要求に応じそれに励まされて生まれた。それは生命ある不朽の書を少数者の書斎と研究室とより解放して街頭にくまなく立たしめ民衆に伍せしめるであろう。近時大量生産予約出版の流行を見る。その広告宣伝の狂態はしばらくおくも、後代にのこすと誇称する全集がその編集に万全の用意をなしたるか。千古の典籍の翻訳企図に敬虔の態度を欠かざりしか。さらに分売を許さず読者を繋縛して数十冊を強うるがごとき、はたしてその揚言する学芸解放のゆえんなりや。吾人は天下の名士の声に和してこれを推挙するに躊躇するものである。このときにあたって、岩波書店は自己の責務のいよいよ重大なるを思い、従来の方針の徹底を期するため、すでに十数年以前より志して来た計画を慎重審議この際断然実行することにした。吾人は範をかのレクラム文庫にとり、古今東西にわたって文芸・哲学・社会科学・自然科学等種類のいかんを問わず、いやしくも万人の必読すべき真に古典的価値ある書をきわめて簡易なる形式において逐次刊行し、あらゆる人間に須要なる生活向上の資料、生活批判の原理を提供せんと欲する。この文庫は予約出版の方法を排したるがゆえに、読者は自己の欲する時に自己の欲する書物を各個に自由に選択することができる。携帯に便にして価格の低きを最主とするがゆえに、外観を顧みざるも内容に至っては厳選最も力を尽くし、従来の岩波出版物の特色をますます発揮せしめようとする。この計画たるや世間の一時の投機的なるものと異なり、永遠の事業として吾人は微力を傾倒し、あらゆる犠牲を忍んで今後永久に継続発展せしめ、もって文庫の使命を遺憾なく果たさしめることを期する。芸術を愛し知識を求むる士の自ら進んでこの挙に参加し、希望と忠言とを寄せられることは吾人の熱望するところである。その性質上経済的には最も困難多きこの事業にあえて当たらんとする吾人の志を諒として、その達成のため世の読書子とのうるわしき共同を期待する。

昭和二年七月

《日本文学（現代）》〔緑〕

- 怪談 牡丹燈籠　三遊亭円朝
- 真景累ヶ淵　三遊亭円朝
- 塩原多助一代記　三遊亭円朝
- 小説神髄　坪内逍遥
- 当世書生気質　坪内逍遥
- 役の行者　坪内逍遥
- 青年　森鷗外
- 阿部一族 他二篇　森鷗外
- 山椒大夫・高瀬舟 他四篇　森鷗外
- 渋江抽斎　森鷗外
- 妄想 他三篇　森鷗外
- 舞姫・うたかたの記 他三篇　森鷗外
- 鷗外随筆集　千葉俊二編
- 森鷗外 椋鳥通信 全三冊　池内紀編注
- 浮雲　二葉亭四迷　十川信介校注
- 今戸心中 他二篇　広津柳浪
- 野菊の墓 他四篇　伊藤左千夫
- 吾輩は猫である　夏目漱石
- 坊っちゃん　夏目漱石
- 草枕　夏目漱石
- 虞美人草　夏目漱石
- 三四郎　夏目漱石
- それから　夏目漱石
- 門　夏目漱石
- 彼岸過迄　夏目漱石
- 漱石文芸論集　磯田光一編
- 行人　夏目漱石
- こころ　夏目漱石
- 硝子戸の中　夏目漱石
- 道草　夏目漱石
- 明暗　夏目漱石
- 思い出す事など 他七篇　夏目漱石
- 文学評論 全二冊　夏目漱石
- 夢十夜 他二篇　夏目漱石
- 漱石文明論集　三好行雄編
- 倫敦塔・幻影の盾 他五篇　夏目漱石
- 漱石日記　平岡敏夫編
- 漱石書簡集　三好行雄編
- 漱石俳句集　坪内稔典編
- 漱石・子規往復書簡集　和田茂樹編
- 文学論 全二冊　夏目漱石
- 坑夫　夏目漱石
- 漱石紀行文集　藤井淑禎編
- 二百十日・野分　夏目漱石
- 五重塔　幸田露伴
- 運命 他一篇　幸田露伴
- 努力論　幸田露伴
- 幻談・観画談 他三篇　幸田露伴
- 天うつ浪 全二冊　幸田露伴
- 子規句集　高浜虚子選

病牀六尺	正岡子規
子規歌集	土屋文明編
墨汁一滴	正岡子規
仰臥漫録	正岡子規
歌よみに与ふる書	正岡子規
獺祭書屋俳話・芭蕉雑談	正岡子規
子規紀行文集	復本一郎編
金色夜叉 全二冊	尾崎紅葉
三人妻	尾崎紅葉
二人比丘尼 色懺悔	尾崎紅葉
不如帰	徳冨蘆花
謀叛論 他六篇 日記	徳冨健次郎 中野好夫編
武蔵野	国木田独歩
運命	国木田独歩
愛弟通信	国木田独歩
蒲団・一兵卒	田山花袋
田舎教師	田山花袋

藤村詩抄	島崎藤村自選
破戒	島崎藤村
春	島崎藤村
千曲川のスケッチ	島崎藤村
桜の実の熟する時	島崎藤村
新生 全二冊	島崎藤村
夜明け前 全四冊	島崎藤村
藤村随筆集	十川信介編
生ひ立ちの記 他一篇	島崎藤村
にごりえ・たけくらべ	樋口一葉
大つごもり・十三夜 他五篇	樋口一葉
修禅寺物語 正雪の二代目 他四篇	岡本綺堂
高野聖・眉かくしの霊	泉鏡花
歌行燈	泉鏡花
夜叉ケ池・天守物語	泉鏡花
草迷宮	泉鏡花
春昼・春昼後刻	泉鏡花

鏡花短篇集	川村二郎編
日本橋	泉鏡花
外科室・海城発電 他五篇	泉鏡花
湯島詣 他一篇	泉鏡花
鏡花随筆集	吉田昌志編
化鳥・三尺角 他六篇	泉鏡花
鏡花紀行文集	田中励儀編
回想 子規・漱石	高浜虚子
有明詩抄	蒲原有明
上田敏全訳詩集	山内義雄 矢野峰人編
赤彦歌集	斎藤茂吉 久保田不二子選
宣言	有島武郎
一房の葡萄 他四篇	有島武郎
ホイットマン詩集 草の葉	有島武郎選訳
寺田寅彦随筆集 全五冊	小宮豊隆編
柿の種	寺田寅彦
与謝野晶子歌集	与謝野晶子自選

与謝野晶子評論集　鹿野政直・香内信子編
私の生い立ち　与謝野晶子
入江のほとり 他一篇　正宗白鳥
つゆのあとさき　永井荷風
濹東綺譚　永井荷風
荷風随筆集 全二冊　野口冨士男編
おかめ笹　永井荷風
摘録 断腸亭日乗 全二冊　永井荷風・磯田光一編
すみだ川・新橋夜話 他一篇　永井荷風
夢の女　永井荷風
あめりか物語　永井荷風
江戸芸術論　永井荷風
下谷叢話　永井荷風
ふらんす物語　永井荷風
浮沈・踊子 他三篇　永井荷風
花火・来訪者 他十一篇　永井荷風
問はずがたり・吾妻橋 他十六篇　永井荷風

煤煙　森田草平
斎藤茂吉歌集　山口茂吉・柴生田稔・佐藤佐太郎編
桑の実　鈴木三重吉
小鳥の巣　鈴木三重吉
千鳥 他四篇　鈴木三重吉
鈴木三重吉童話集　勝尾金弥編
小僧の神様 他十篇　志賀直哉
万暦赤絵 他二十二篇　志賀直哉
暗夜行路 全二冊　志賀直哉
志賀直哉随筆集　高橋英夫編
高村光太郎詩集　高村光太郎
北原白秋歌集　高野公彦編
北原白秋詩集 全二冊　安藤元雄編
フレップ・トリップ　北原白秋
野上弥生子随筆集　竹西寛子編
野上弥生子短篇集　加賀乙彦編
お目出たき人・世間知らず　武者小路実篤

友情　武者小路実篤
釈迦　武者小路実篤
銀の匙　中勘助
鳥の物語　中勘助
犬 他一篇　中勘助
若山牧水歌集　伊藤一彦編
新編 みなかみ紀行　若山牧水・池内紀編
新編 啄木歌集　久保田正文編
時代閉塞の現状・食うべき詩 他十篇　石川啄木
蓼喰う虫　谷崎潤一郎・小出楢重画
春琴抄・盲目物語　谷崎潤一郎
吉野葛・蘆刈　谷崎潤一郎
卍（まんじ）　谷崎潤一郎
幼少時代　谷崎潤一郎
谷崎潤一郎随筆集　篠田一士編
多情仏心 全二冊　里見弴
道元禅師の話　里見弴

今年竹 全二冊	里見弴
萩原朔太郎詩集	三好達治選
郷愁の詩人 与謝蕪村	萩原朔太郎
猫町 他十七篇	萩原朔太郎 清岡卓行編
恩讐の彼方に・忠直卿行状記 他八篇	菊池寛
父帰る・藤十郎の恋 菊池寛戯曲集	石割透編
河明り 老妓抄 他一篇	岡本かの子
春泥・花冷え	久保田万太郎
大寺学校 ゆく年	久保田万太郎
室生犀星詩集	室生犀星自選
犀星王朝小品集	室生犀星
出家とその弟子	倉田百三
羅生門・鼻・芋粥・偸盗	芥川竜之介
地獄変・邪宗門・好色・藪の中 他七篇	芥川竜之介
河童 他二篇	芥川竜之介
歯車 他二篇	芥川竜之介
蜘蛛の糸・杜子春・トロッコ 他十七篇	芥川竜之介

芭蕉雑記・西方の人 他七篇	芥川竜之介
侏儒の言葉・文芸的な、余りに文芸的な	芥川竜之介
芥川竜之介俳句集	加藤郁乎編
芥川竜之介随筆集	石割透編
蜜柑・尾生の信 他十八篇	芥川竜之介
年末の一日・浅草公園 他十七篇	芥川竜之介
芥川竜之介紀行文集	山田俊治編
都会の憂鬱	佐藤春夫
海に生くる人々	葉山嘉樹
日輪・春は馬車に乗って 他八篇	横光利一
上海	横光利一
旅愁 全二冊	横光利一
宮沢賢治詩集	谷川徹三編
童話集 風の又三郎 他十八篇	宮沢賢治 谷川徹三編
童話集 銀河鉄道の夜 他十四篇	宮沢賢治 谷川徹三編
山椒魚・遙拝隊長 他七篇	井伏鱒二
川釣り	井伏鱒二

井伏鱒二全詩集	井伏鱒二
太陽のない街	徳永直
伊豆の踊子・温泉宿 他四篇	川端康成
雪国	川端康成
川端康成随筆集	川西政明編
詩を読む人のために	三好達治
梨の花	中野重治
夏目漱石 全三冊	小宮豊隆
社会百面相 全二冊	内田魯庵
新編 思い出す人々	内田魯庵 紅野敏郎編
檸檬《レモン》・冬の日 他九篇	梶井基次郎
蟹工船 一九二八・三・一五	小林多喜二
独房・党生活者	小林多喜二
風立ちぬ・美しい村	堀辰雄
富嶽百景・走れメロス 他八篇	太宰治
斜陽 他一篇	太宰治
人間失格・グッド・バイ 他一篇	太宰治